ミナ
レイジ
ノエラ

CHARACTER
エジル
ビビ
ポーラ

CONTENTS

チート薬師のスローライフ4

～異世界に作ろうドラッグストア～

ケンノジ

BRAVENOVEL
ブレイブ文庫

1　労働の対価

テキパキ、テキパキ。

ノエラが、珍しく仕事に精を出している。

どうしたんだ？

「あるじ、次、お仕事」

「え？　ああ、うん、じゃあ次は——」

おれが創薬の準備を指示すると、ノエラがギャンと高速で創薬室のほうへ行った。

「……？」

間違いなく何かあったんだろうけど、仕事を頑張ってくれるのはいいことだから、聞かないでおこう。

思えば、店での接客もおざなりで、ときどきポーション飲んだりしてることもあったからな。お客さんが寛容だったからいいものの。てか、まともな接客を期待してなかったんだと思うけど。

まあ、半分ペットみたいなもんだと思われているんだろう。

「あるじっ！　おわた」

ひょこっと創薬室から顔を出したノエラが報告してくれた。

「うん。ありがとう」

店番をミナに任せて、創薬室にこもる。足りなくなった商品作らないと。

作業をはじめると、ノエラはそばでおれのことをじっと見つめては、尻尾を右に左にゆらゆらと振っている。

「……どうかした？」

「あるじ、ノエラ、今日頑張った」

「ああ、そうだな」

「ノエラ、そろそろお年頃」

ノエラが目を輝かせて両手をおれに差し出した。

デジャブみたいなもんを感じる。

おれもちっちゃい頃、家の手伝いを進んで頑張ったときって、大抵――。

「ノエラ、お小遣いほしい」

「……だよな、そうなるよな」

うん、納得いった。だから頑張ってたんだな。

「ミナに言えよ。お金の管理をしてるのはおれじゃないんだ。知ってるだろ？」

「るぅ……」

へにょん、と耳が垂れる。頭をもふもふと撫でた。

「その反応からすると、すでに玉砕済みだったか……」

「そう。ミナ、ケチ。三〇〇リンぽっちもくれない」

お小遣いお小遣いって言いだしたのは、あれが原因だな？

近所のガキんちょたちとノエラが遊んでいるのを、たまたま見かけた。

『えー？　おまえんち、お小遣いもくれねえの？』

『めっちゃビンボーじゃん！』

やんちゃ盛りの子たちに、資金力ゼロのノエラがマウントを取られていたのだ。

『ノエラ、もらう、お小遣い。おまえもおまえも、今度、札束で頬を叩く』

って、堂々と宣言していた。

ノエラのお小遣いのイメージって札束なんだな――って思ったのがつい先日。

「ミナには何て言われたんだ？」

「『ノエラさんは、無駄遣いするからダメです』って言ってた」

……これ以上ない正論過ぎる。

「あるじぃぃ～。ノエラ、札束で頬を叩きたい……」

うるうると涙目でおれにすがってくるノエラ。

まず、お小遣いは札束じゃないってところから教えてやる必要がありそうだな。

「ビビも、エジルも、お金もらってる。ノエラだけ、なぜ……」

「……」

言われてみれば。

「今までは、ほら、ポーション払いだっただろ。毎朝おまえが好きで飲んでるポーション、店頭価格はいくらだ」

「一二〇〇リン……。の、ノエラ、一二〇〇リンを毎日……!?」

自分がしてきたことに今さら気づいて、ノエラが戦慄している。

お小遣い希望額の四倍を毎日消費していたわけだからな。

「お小遣いとポーションだったらどっちが」

「ポーション」

早ぇな、返答。どんだけ好きなんだよ。

「あるじ、ノエラは、ロウドウの、タイカを要求する！」

「どこで覚えた、そんな言葉！」

まあ、それがポーションなんだけどな。

ミナが言うように、無駄遣いをするっていうのは想像に難くない。

持たせ過ぎもよくないだろうし……。でも、仕事をしているノエラが、何もしてないガキんちょたちにそのことでマウントを取られるのも可哀想だしなぁ。

「じゃあ、こういうのはどうだ？　一日頑張ったら、翌日払いで三〇〇リン。ポーションは今までの四分の三ってことで」

飲む分を制限して、その分を現金化するって方針だ。

「三〇〇リン、お小遣いくれる？」

「ポーションの量は減るけど、今日頑張ったら明日支払うぞ」

「るっ♪」

わっさわっさ、とノエラが尻尾を揺らす。

「よし。それじゃ、チェックシート作るか」

今までどうして作ってなかったんだろう。

紙を取り出して、いつもしている仕事を箇条書きにしていく。

「あるじ、何それ」

「ノエラの仕事ぶりの良し悪しをチェックするんだ」

「あるじが？」

「ミナが」

「つ――――!?」

「これで全部よかったら、お小遣いとポーションを翌日渡すってことで。いいだろ？」

「よくない！　ミナ、厳しい！　よくない！」

ブンブンブンとノエラが首を全力で横に振る。

「ミナは真面目だからなぁ。厳しいのも納得だ」

……だからミナに任せるんだけどな。

「ノエラ、知ってる。あるじ、ノエラをもふもふさせる、優しくなる」

「くっ、そうだよ、わかっちゃいるけど、つい甘くなっちゃうんだよ」

「けど、ミナ、効かない……！　手強い……！」

なんだ、ノエラの中では、おれのほうがチョロいってことか？

「ま、ともかく、このチェックシートを持って、出来たらミナに見てもらうように。いいかい、モフ子くん。その頑張りがお小遣いに繋がるからな」

今まで飲んでいたポーションを一部現金化するってだけだからあんまり変わってないけど、一か月でもきちんと頑張れたら、ボーナスでも支給してあげるとしよう。

それでさらにやる気を出してもらえば、こっちも願ったり叶ったりだ。

「わかた……！　ノエラ、頑張る」

そう意気込んだノエラの頑張りは目を見張るものがあった。

これが続くのであれば、ボーナス支給も夢じゃない。


翌朝。

昨日頑張ったので、おれはノエラに初お小遣いを渡した。

「これが、お小遣い！　札束じゃない」

「ああ。そういうもんだ。お小遣いってやつは。で、これがポーションな」

いつもより容量の少ないポーションの瓶をノエラに渡す。

「す、す……少ないっ！」

ガガーン、とノエラがショックを受けていた。

「その分をお小遣いにしているからな」

「……」

黙り込んだノエラだったが、こっちを見上げた。

「あるじ、ノエラ、いつも通りのポーションがいい。お小遣い、いらない」

「結局そうなるのかよ」

三日坊主どころか、一日も持たないノエラだった。

2　素人冒険者と薬屋

どよよ～ん、と店のカウンターの向こう側で肩を落とす青年がいた。

「はぁ……」

この町出身の青年で、ホーストって名前だったはず。

おれは元々親しくなかったけど、つい先日、冒険者になるためこの町を出ていった。

歳はおれと同じか少し下くらい。

「……あの、店の中の雰囲気が暗～くなるので、ため息やめてもらえます？」

けど、このホースト君、なぜかこの町に帰ってきていた。

「薬屋さん、僕、チャラくなりたいんです」

「はあ……？」

「王都や他の大きな町で冒険者として活躍して、チャラくなって、女の子をとっかえひっかえして遊びたいんです」

もう、呆れるくらい正直な願望だな。

わかるよ、うん、わかる。おれも、モテたい。

「ああ、それで、モテたいから、惚れ薬を作ってほしいとか？」

前に一回作ったときは、散々な結果だったからもう作らないけど。

ホースト君はうなだれながら首を振った。

「いえ、そうじゃないんです。これは、年頃男子の薬屋さんならわかってもらえると思うんですけど……。とっかえひっかえとまでは言えないけど、それなりに女の子と夜の交流ができたんです」

「へえ、ふうん、あそ」

何だよ、結局自慢かよ。

おれが鼻白んだと同時に、ホースト君が真顔になった。

「でも僕、早いんです……すごく……とても、すごく……」

「…………あ、そういう相談……」

性のお悩みでございましたか。

言いにくいよな。

てか、他人に言う機会もないし、知り合いだったとしてもそんなの知りたくないし。

「噂によると、早い男は嫌われるそうだけど」

こくこく、と深刻そうにホースト君はうなずく。

「だから、当世最高の錬金術師とも呼び声高い薬屋さんに、何とかしてほしくて……」

「どうもできねえよ」

早いのを何とかできる錬金術師ってなんだ。性の神様か。

これって体質とか、そういうのの問題だし。

おれ？　おれは……普通〟だと思います。

「ちなみにどれくらいもつの？」

ホースト君は、目をそらしながら指を三本立てた。

「え。さ、三分……⁉」

おいおい、そりゃ、夜の交流を持った女の子も「あれっ？」ってなるわ。

「いえ……三往復です」

「単位がショボくなった⁉　ま、マジで？」

「す、すみません！　見栄を張って嘘つきました……本当は二往復です」

「三の時点で見栄張れてねぇんだよ」

「僕、このままじゃ、『早撃ちジョニー』なんて二つ名がついてしまいます……」

誰が上手いこと言えと言った。

けど、ちょっとカッコよく聞こえるな。真相を知らなかったら。

「つってもなぁ……治すなんてできるのか……？」

てか、そもそもおれが経験したことないあれだから、アドバイスもできないし……。

「あ。こっちの世界って、アレがあるって聞いたことないよな……？」

「な、何か策があるんですか⁉　僕、そのためなら、冒険で稼いだお金をいっぱい使ってもいいです！」

身を乗り出してきたので、おれは待て待て、と手で制する。

「落ち着きたまえ、ジョニー君」

「僕、ホーストです」

「ちなみになんだけど、ジョニーに何かを着せたり被せたりする？　行為の前」

「いえ。裸一貫で勝負してます」

二往復ジョニーのくせに、なんで顔キリッとさせてんだ。

「というか、そんな物はそもそもありませんよ」

「やっぱりそうか」

創薬スキルによると、アレそのものでなくても類似品が作れるらしい。

おれは、奥にいるミナとノエラを店に呼んだ。

「悪いけど、どっちか店番を頼めるか？」

「じゃあ、ノエラさん、一緒に店番しましょうか」

「るっ。あるじ、任せろ」

「じゃ、ちょっと頼む」

そう言い残して、おれは創薬室にこもる。

「丈夫で、質感も大事なんだよな……」

むうん。アレがない世界なら、女の子に変な薬を塗ってるって思われないか？

いや、そもそも薄暗い場所だから大丈夫なのか。

あれ？　でも薄暗かったら手元が見えないんじゃ……。

「あああああ、もう！　おれがここまで心配してやる義理はねえ」

作れるものを作って、用途を説明して渡す。それがおれの仕事だ。

さっそく創薬をはじめる。

ここ最近は、畑で栽培している薬草が一〇種類近くあるから、採取に出かけることがめっきり減った。畑、超便利。

「まあ、こんなもんかな？」

瓶に入った試作品を光に透かして見る。

半透明のジェル状の液体だ。

【素肌ガーディアン：即席の薄膜を作り、塗った箇所の外界からの刺激を鈍らせる】

よし、試しに腕に塗ってみよう。

ちょっとひんやりする。すぐに体温でジェルが変質していった。

「お。おおお？」

ツヤが出てきて、触るとムニムニする。素肌に触られている感触はあまりない。

その上、カサブタみたいにぺりっと剥がせる。

あとは耐水性だ。

今度は人差し指全体に塗って、変質後、水にさらす。

「……余裕だな。崩れたり取れたりする気配がねえ」

めちゃくちゃこすっても以下同文。結構な耐久力だ。

そして、ペリっと剥がせる。

用途はかなり限定的だけど、物質としては、かなりの優れ物なんじゃないか？

おれは店に戻って、ホースト君に瓶を渡す。

ノエラとミナもいる手前、直接的な言葉は控えて効果を説明した。

「す、すげえええええええ！　さすが、薬屋さん！」

「実戦にも耐えうるよ、きっと」

「リクエストしたら何でも作ってくれる秘密組織の博士みたいだ……！」

ぎゅっと両手で握手したホースト君は、手持ちのお金、ありったけを置いて店から飛び出していった。

きっと、変な二つ名がつくことはないと思う。

でも、どうなんだろう。和らぐってだけだからなぁ……。

元々が超高速だから高速くらいになりそうだ。

「レイジさん、あのお薬は、何のお薬だったんです？」

ミナが不思議そうに首をかしげた。

「え——？　あ、あれは……ええっと……」

まずい。用途をきっちり説明すれば、

『エッチなお薬作っちゃダメです～～～～ッ！』

って言うに決まっている。

でも、悩んでる側からすると、切実なんだよなぁ。誰にも相談できないし。

検索して対策がネットで読めるわけでもないし。

「あっ、わかりました！　あの方は、冒険者さんでしたね」

名探偵ミナが、ぴ、と人差し指を立てて得意げに説明をはじめた。

「うん。まだルーキーみたいだけどな」

「ふふふ。塗ったら保護膜になる……。ルーキーさんなら、生傷も絶えないでしょう。なので――あのお薬は！　――非常時の血止め薬ですっっっ！」

ババーン！　という効果音が出そうなくらいのドヤ顔をしたミナが、おれを指差した。

間髪入れず、おれもミナを指差した。

「正解ッ！！！！」

ポーションがあるんですけどね……。

「そうです、ポーションがあるのに、レイジさんがそれを作った理由はただひとつっ！　あのお薬を最初に使って、血を止めつつ傷口からばい菌が入らないようにするためです！　わたしの推理、どこか違いますか！！！！！」

「まただ正解ッ！！！」

それでお願いします。

「やりましたよ、ノエラさーん」

「るーっ♪　ミナ、当たった、スゴイ！」

ぱちん、と二人は楽しそうにハイタッチした。

本当の用途を知ったら、誤魔化したせいでさらに怒りそうだな……。


いくつか【素肌ガーディアン】の在庫を作って店に置いておくと、ミナが真っ先にそんなふうに説明するので、傷口の雑菌ガードとして知られるようになった。

「出血したあとは、これを塗っていただいて――そうです、そのあとポーションを飲んでいただけると、治りも早いんです～」

こんなふうに、ポーションとセットで売られることとなった。

おれが【素肌ガーディアン】に別用途があることを、パートナーがいる奥さんや女の子にこっそり説明すると、そっと買っていった。

相手に使わせる気らしい。

言えなかったり言わなかったりするだけで、意外とみんな不満があるらしい。

3　BBQとカルチャーショック

暑くもなく、寒くもないそんな日が続いた。

日向ぼっこするのにはちょうどいい気候で、こう、お客さんも来ないとなると、昼寝したくなるなぁ。

ノエラは、おれの膝の上に座って、カウンターに突っ伏して寝てる。

気持ちはよくわかる。

後ろからぎゅっとしてモフモフを味わう。

「体温でちょっと暑いけど、モフモフは正義……」

今まで使ってなかった【シャンプー】【リンス】を使うようになってからというもの、ノエラの毛並みが抜群によくなった。

もう、それだけで【シャンプー】【リンス】を作ったかいがあった。

「鬼に金棒、モフモフにシャンプー&リンス……」

艶のある毛を頬ずり。

「レーくん、ノエラちゃんに何してんの？」

「うわぁあ!?」

び、びっくりした。何だよ。ポーラか。

「来たんなら声かけろよ」

「さっきかけたじゃん。モフモフをすりすりするのがそんなに楽しいの？」

「知らないやつは人生損している。……で、暇だから遊びに来たのか？」

おれが半目をすると、ポーラも同じ目をした。

「見くびらないでよ、レーくん。今回ウチがここに来たのは、バーベキューしたいからだよ！」

「遊びに来てんじゃねえか」

「いいじゃーん。固いこと言わないでさー。ウチんとこもお客さん来ないし、どうせレーくんとこもそうなんでしょ？　じゃ閉めてバーベしようよぅ。そこの河原がイイ感じなんだよぅ」

「キューをつけろ、キューを。なんだバーベって」

しかもさらっと失礼なこと言いやがったな。

からりとしてて、外はいい天気。暑くも寒くもない。

絶好の天気と言えなくもない。

そういや、知り合いとバーベキューするのって、おれ、何年ぶりだ……？

あれ？　家族以外とじゃ、はじめてなんじゃ……？

ぴくぴく、と耳を動かしたノエラが、がばっと起き上がった。

「ノエラ、バーベしたい。お腹減った」

くう、とノエラの腹が鳴った。

「ノエラちゃんもしたいってさ、レーくん。もうちょっとでお昼でしょ」

もうちょっととは言うけど、あと二時間くらい。

今から準備して食べはじめたら、ちょうどいい時間……。

このすっとぼけおねーさん、この天気とこの時間帯を狙って来たな？

「何やら楽しそうな企画ですねっ」

店の会話が聞こえていたらしいミナが顔を出した。

「でっしょぉー？　けど、レーくんが全然乗り気じゃなくってさぁー」

不貞腐れたように唇を尖らせて、ちらっとミナを見るポーラ。

「レイジさん、いい機会ですしやりませんか？　わたし、実は、やったことなくて……」

ミナを煽りやがった、こいつ……。外堀を埋める気だ。

おれが目線を向けると、ししししとポーラが笑う。

「わかった、わかった。やろう。店は一旦閉めて、夕方頃にまた開けよう」

来てくれたお客さんは、貼り紙でも貼って対処しよう。

「真面目だねえ、レーくんってば。じゃ、道具はウチが用意するから、チームキリオドラッグは、食材を集めてね！　一時間後に河原に集合ってことで！」

やる気満々のポーラが、ぱひゅーんと店を飛び出していった。

「お肉は、買い足したほうがいいかもしれませんね」

「ミナ、肉は、ノエラに任せる」

ふんす、と鼻息を荒くしたノエラが、キリリとした顔つきになった。

のんびりモードじゃないぞ。珍しい……。

「ノエラ、肉のあてがあるのか？」

「ノエラに任せる」

だだだだ、とノエラも走って店を出ていってしまった。

おれとミナは、わけがわからず顔を見合わせた。

「わたしたちは、お野菜を用意しましょうか」

そのとき、アナベルさんがやってきた。

「よお、薬屋。今日もポーション、頼むよ」

「ああ、はい。いつものですね。タイミングよかったです。ちょうど今店を閉めるつもりだったんで」

「んあ？　なんで？」

「バーベキューをそこの河原ですることになったんです。うちの店員たちとポーラとで」

「ふうん。……こほん……アタシ、今日非番……なんだけどなぁ……」

声ちっちゃ。じゃあ一緒にどうですか、って言おうとした瞬間だった。

「へえ、それはよかったですねー。では、いつものポーションもお渡ししたので、今日はお引き取りください」

ニコニコと笑うミナが、アナベルさんを帰そうとする。

キッ、とアナベルさんがミナをねめつけると、ミナも対抗した。

バチッと目線がぶつかって火花が散った。……ように見えた。

不思議とこの二人って、仲悪いんだよな。

「アナベルさんもどうですか、バーベキュー。こういうのは、大勢のほうが楽しいと思うんで」

「そ、そうか？　じゃあ、アタシもお邪魔させてもらうことにするよ。あ、ありがとうな……誘ってくれて……じゃあ、あとで」

赤いポニテを翻して、店から去っていった。

ぷん、と怒ったようにミリは頬を膨らませている。

この二人は『混ぜるなキケン』なんだな。覚えておこう。

それから、おれとミナは、バーベキューに使えそうな野菜を二人で下処理していく。

「でも、楽しいですね、こういうの。皆さんと一緒に、いいお天気の下でお肉焼いて食べたりするなんて」

その意見にはおれも同意だった。

ちなみに、店はもう閉めて貼り紙も貼っておいた。

「あの川って魚釣れたっけ？」

「たしか釣れるはずですよ」

「じゃあ、竿と餌と【爆釣れ君】持っていこう。釣った魚も捌いて焼いちまおうぜ」

「あーっ。それとってもいいですねぇ〜」

家でやる準備が整って、るんるん気分のミナと一緒に、町のすぐそばにある河原へ出かける。

そこには、道具の準備をしているポーラがいた。

「やあやあ、もう準備できたの？　早いね」

「レイジさんが手伝ってくれたので」

「じゃ、おれ釣りしてるから、火は任せていい？」

「うん。オッケー。こんくらいはウチがやるよ」

じゃ頼んだー、と言って、おれは魚影視認《ソナー》のスキルを使って魚がいそうな場所へと歩いていく。


——思えば、これがバーベキュー史上最悪の悲劇のはじまりだった。


魚影視認《ソナー》と【爆釣れ君】のコンボは最強で、三〇分ほどで一〇匹が釣れた。

ま、こんなもんでいいだろう。

肉を任せろと言ったノエラは、大丈夫なのか……？

ちょっと寂しいけど、なかったらなかったで、魚焼いて食えばいいか。

釣果報告を兼ねて戻ると、ミナがきょろきょろしていた。

「ノエラさん、どこへ行ったんでしょう？　お肉は任せろって言ってましたけど」

のっし、のっし、と足音がすると、一頭の獣が現れた。

狼モードのノエラだった。口には雌鹿をくわえていた。

「し、仕留めてきとるぅううううううう!?」

「ノエラさん、す、すごいです……」

「おおお!? 鹿？ 狼娘、やるじゃねえか！ おーし、アタシが捌いてやんよ」

「いいじゃぁーん。豚や鶏じゃフツーすぎてつまんないもんね」

ノエラは、ぴょんとこっちらへとジャンプして、雌鹿を置いた。

体が光ると、獣娘モードのノエラに戻った。

「あるじ、獲ってきた！」

得意げな顔をするノエラは目を輝かせて、尻尾をフリフリしている。

いい子いい子、とおれは頭を撫でてやった。

むこうでは、アナベルさんが鹿を捌いて肉にする作業をしている。

「ちゃーんと血抜きしてんのな。狼娘、気が利くな」

怖いので、おれはそっちは見ないようにした。魚と動物はちょっと違うんだよなぁ。

とにかく、材料はこれで出揃った。

「ポーラ、火はどんな感じ？」

「どんな感じって、こんな感じだよー」

でん、と置かれているのは、家庭用の鉄板器具。

こっちの世界は、生活石と呼ばれる少しの魔力で水が出たり火が出る魔石が使われる。

魔力が電力みたいなノリだ。

ミナが、鉄板器具の前で火力を調整している。

「温かくなってきました。そろそろいいかもです」

「……」

「あるじ、無言。どした？」

「レーくん、どしたの？」

「ち、違う……。お、思ってたバーベじゃねえ――！」

「結局自分もバーべって言うんかーい。――って、何が不満なのさ」

「不満に決まってんだろ！　これ、焼肉を外でしてるだけじゃねえか――――！」

「それがバーベでしょ？」

精肉作業中のアナベルさんも手を止めてうなずいている。

「炭火は……？」

「ないよそんなの。なんで？」

おれは、愕然とした、こっちのバーベってこういう感じなのか!?

「火力調整ができなくて肉が焦げたりとか――」

「しないよ、そんなの。焦がしちゃダメじゃん」

今さらカルチャーショック！

「ちっがぁぁあああああああう！　一見正論！　だけど、それは醍醐味とは違うんだよ――！

炭火の香りがついた、やや焦げた肉をみんなで食うんだよ……！　野菜とか人気なさ過ぎて焦がしまくって最終的に網の端に寄せられるんだよ……！」

みんな目を丸くしている。

「レイジさんが、いつになくアツくなってます」

「生活石で、いつも通り焼く肉、野菜……当然便利。だけど、味気ねえだろ……そんなバーベ……」

おれは嘆いて首を振った。

「塩コショウは、ウチが持ってきてるから大丈夫だよ？」

「そういう意味じゃねえええええええええええええええええええ！」

おれだけが喚き散らしているこの状況下。

もちろん、みんなはポカンとしている。

「あるじ、落ち着く。大丈夫」

モフモフ純度一〇〇％の尻尾でノエラがおれを撫でる。

「オーライ、ノエラ、おれは至って冷静だ」

生活石を使って肉を焼くということは、誰か一人は常に火力担当……。

バーベは料理とは違う。交代でやればいいかもしれないけど、結構な時間になる。

こういう担当は、肉を焼く係以外は要らねえんだ。

おれはノエラを連れて「ちょっと行ってくる」とみんなに言って、河原を離脱。

「あるじ、どうする？」

「ノエラは、箱いっぱいに炭を集めてくれ」

「わかた」

おれは、店に戻り創薬室にこもった。

「おれがマジモンのバーベをみんなに教えてやる……！　大してやったことないけど」

こうしておれは、怒りと嘆きの結晶である新薬を作った。

【着火剤《ヘルフレイム》：ジェル状の液体。塗った対象を長時間燃やす効果がある】

おれが新薬を作っている間に、ノエラが箱いっぱいに木炭を集めてきた。

「あるじ、これでいいか」

「おう、十分だ。ありがとう、ノエラ」

「るーっ♪」

よし。これで火力に関しては問題ない。

あとは、網。

うちで使っているものがあるので、それを持っていこう。

魚を焼くときに使っているやつで、これが意外と大きく、おれの肩幅に近い大きさがある。

それと、着火用の生活石も持っていこう。

「あるじ、何作った？」

「燃やす、薬だ……！」

「る……！　燃やす、薬……！」

ノエラが目をキラキラと輝かせている。

……きっと、こういうやつに使わせたら一番ダメな薬なんだろうな。

道具をそろえたおれたちが再び河原へと戻ると、ミナが荷物を見て怪訝そうに首をかしげた。

「レイジさん、どこ行ってたんですか？」

「モノホンのバーベをするために、準備を整えてきた。な、ノエラ」

ふんふん、とノエラが首を縦に振っている。もちろん、ノエラがモノホンのバーベを知るわけもない。

「つってもよ、薬屋。別に焼けりゃ、それでいいじゃねえか」

「風情がないと言っているんですよ、おれは」

「レーくん、風情なんて、腹の足しにもなんないよー？」

「それは、その風情を味わってから言ってくれ」

河原なので、窯を作るのにそれほど苦労しなかった。

簡単に大きな石で枠を作って、真ん中に生活石を置く。そこに【着火剤《ヘルフレイム》】を塗った木炭を投入。

「レーくん、こんなんじゃ、お昼のバーベが夕飯になっちゃうよ？」

「まあ、見とけって」

「薬屋、こんなに周りに石を置いたら、風が通んねえぞ？」

「まあ、見ててくださいよ」

そんな細かいことなんて、おれの【着火剤《ヘルフレイム》】がねじ伏せる。

「ノエラ、着火用意」

「よーい」

繰り返したノエラが、木炭にむけて手をかざす。その下に生活石があった。

「着火！」

「ちゃっか！」

ノエラが魔力をちょびっと飛ばすと、生活石が反応し、赤く光った。

それからすぐに、そばにある【着火剤《ヘルフレイム》】に引火。

ボッ。ボボ、ボッ。

「「おおおお〜！」」

黒い木炭をオレンジ色と青色のグラデーションの炎が包み、石で囲った部分に炎が広がっていく。

「すごいです〜！　一気に大火力ですよ、これ！」

「これなら、ずっと誰かが魔力を注いでなくても、肉が焼けるな」

「もーなんだよ、レーくん。こんな便利なもんがあるんなら、先言ってよー」

「さっき作ってきたんだよ」

おれたちは、そばにあった大きな石を椅子にして座りながら、炎をぼーんやりと眺めていた。

何でだろう……。炎ってずっと見ていられる……。

ノエラは、そんなものにまったく興味はなかったようで、アナベルさんが捌き終えたばかりの肉を見て、たらーん、とヨダレをたらしていた。

興奮したように、尻尾をばしんばしん、と地面に叩きつけている。

「あるじ、これ、早く。ノエラ、このままでもいい」

「焼くからちょっと待ってろ」

そっか。ノエラは生でも大丈夫なのか。けど、何だかんだで腹壊しそうだな。

火を熾した木炭の上に網を渡し、準備完了。

「これと生活石を使った鉄板と何が違うの、レーくん。魔力を消費し続けないでいいっていうのはわかるけどさ」

「ま、食ってみたらわかるよ」

「わたし、鹿を食べるのってはじめてです～」

「ウチも」

アナベルさんが、部位の説明をしてくれる。

背ロース、ヒレ肉、モモ肉、首肉、スペアリブなどなど。内臓《ホルモン》も綺麗に切り分けてくれていた。

説明が増えれば増えるほど、ノエラのヨダレの量が増していってた。

「味はそうだな、牛に近いかもしれないな。モノによっちゃ、もっと赤身がかってるんだが、それだとニオイがキツいが、これはピンクで状態がかなりいい。牛よりも野性味が感じられて――」

「アナベルさん、そろそろノエラの限界が近いです」

「赤いの、早く……ノエラが獲った鹿……」

「ははは。悪いな、狼娘。焼いていこうか」

おほん、とミナが咳払いをした。

「では僭越ながら、わたしが焼かせていただきます」

準備していたトングでつかんで、まずは背ロースから一切れずつ焼いていく。

じゅっ。じ、じじ……。

静かに肉が焼けていく音がして、薄っすらと白い煙が上がる。

木炭の煙で少しいぶされて、香りは抜群だった。

アナベルさんが肉を薄切りと厚切りで分けてくれていた。

「厚切りはほぼステーキだ。焼きやすいように切れ目も少し入れておいたぞ」

あーーーー。めっちゃいいにおいーーーーー。

みんな、無言で肉を見つめる。

たぶん、みんな同じことを考えてそうだ。

ミナが様子を見て、塩コショウをしっかりと振りかけた。

ある程度焼けると、もう反面を焼く。

ノエラはフォークをグーで握りしめて、待ちきれない様子だった。

肉汁が滴り木炭に垂れて、じゅあと音を上げた。

「最初は……」

ミナがこっちを見たけど、ノエラを顎で差した。

「ノエラさん、もう焼けましたよ。どうぞ」

別のトングでミナがノエラの皿に出来上がった肉汁ダラダラの背ロースを載せた。

わざわざ持ち替えるあたりがミナらしいな。

ってか……鹿肉ってどんなのかと思ったら、焼けたらほぼ牛肉と遜色がないな。

厚切りステーキを、ガツッとノエラがひと口で食った。

「手品みたいになくなったな」

口をパンパンに膨らませながら、もちゃもちゃと咀嚼するノエラ。

美味いかどうかなんて、今は言えないだろうな。

ハンターのノエラがいたら、肉には困らないんじゃ……？

「レイジさん、どうぞ」

「うん。ありがとう」

皿に載せてくれたのは、ひと口大の薄切りロース。

よく利かせたコショウと脂の香りがふわりと漂ってくる。

生唾を呑む。

永遠に垂れ流されるんじゃないかってくらい、肉汁が次から次へと溢れていく。

「いただきます」

フォークで口に運んだ。

最初のひと噛みで、牛肉とは違った生き物の味がした。でもクセって言うほどじゃない。

これがアナベルさんが言っていた野性味ってやつか。

肉は思った以上に柔らかい。それに、見た目ほど脂っこくはないぞ。

う、美味い……。何これ……。

燻された煙の香りが、口から鼻へと抜けていった。

「美味っ！　ナニコレ！　めちゃうまなんだけど！」

同じように食べていたポーラが声を上げた。

「うん……これは、想像以上だ……柔らかいし、クセもほとんどない。やっぱり、コレの影響もあるのか……？」

アナベルさんが、炭火に目を向ける。

炭火は依然として火力を保ったままで、ミナが次から次に肉を焼いていた。

それを、焼けたそばからノエラが網の上にフォークを突き刺して食っていた。

「この【着火剤《ヘルフレイム》】？　すごく便利ですね〜。ずっと高火力を保ってくれます」

「火力調整は出来ないけど、一気に何かを焼きたいときとかは、いいかもな」

しかし、あっさりしているから、結構量が食える。

口の周りを脂で汚しまくったノエラがこっちを向いた。

「あるじ、美味の味っ」

「ポーションとどっちが美味の味？」

むう？　とちょっと考えると、すぐに答えた。

「両方、美味の味」

大満足らしく、ずっとノエラはふりんふりん、と尻尾を振っていた。

「では、わたしもいただきます」

ミナもひと切れ口にして、「お肉〜アイラブカロリーですぅ〜」とホクホク顔だった。

おれたち全員が食べきれないほど多い。

「食べきれない分は、持って帰ってお料理で使いましょう」

ミナがそう言うと、アナベルさんが端にあった肉を指差した。

「こっちのはスネ肉で、焼いて食うより、シチューやカレーに入れて煮込んだほうが美味い」

「アナベルさん、物知りなんですねぇ」

「傭兵やってりゃ、自然と詳しくなるもんなんだよ」

何でもなさそうに、アナベルさんは肩をすくめた。

さすが、傭兵団の団長さん。仕草が様になる。

それからは、肉、野菜、肉肉、野菜、魚、こんな具合に用意していた食材を焼いて食べていく。

味付けは塩コショウだけだったけど、飽きることはなかった。

「タレとか作ってもいいかもな……」

「いいですね、それ〜。わたし、何か考えておきます！」

「ノエラ……もう、何も、食べられない」

ころん、とノエラが横になった。

風船みたいに膨らんでるけど、あとで腹が痛いとか言うんじゃないだろうな？

「食った。食いまくった。レーくん、このバーベ、いいね」

「だろ」

「炭火のバチパチって鳴っている音や、煙や香りも……グッジョブだよ」

ポーラがぐっと親指を立てた。

わかってくれたようで何よりだ。

「さて。片付けして帰るか」

腹ごなしの運動に、バーベで出たゴミを集めて、ポーラとアナベルさんとは解散することになった。

「またやろーねー！」

「今度は、アタシんとこの部下も連れて来る！」

そう言い残して二人は去っていった。

おれたちも撤収しようかと思ったけど、ノエラは苦しそうにまだ横になっている。

「あるじ……」

「なんだ、モフ子」

「おなか、いたい……」

「やっぱりか!?」

「るぅぅ～」

悲しそうな声を出すんじゃねえ。


このあと、ミナに薬を取ってきてもらい、ノエラの腹痛はしばらくするとよくなった。

「あるじ、治った！　帰るっ！」

「わかった、わかった」

楽しいし、美味いのはわかるけど、食い過ぎには注意だな。

4　キリオドラッグの職場環境

「先生」

「何だ、エジル」

穏やかな昼下がり。

俺は魔王でこの店のバイトでもあるエジルと二人で店番をしていた。

「先生、余は……ロマンに気づきました」

「何それ」

カウンターでぼんやり外を眺めながら、腕組みをして同じように外を眺めるエジルに尋ねる。

今日はお客さんの入りは少なく、開店早々、こんな具合に雑談くらいしかやることがなくなってしまった。

「余は、女風呂を覗いてみたいです」

遠い目をしながら言うエジル。

「ロマンってそれかよ」

中学生の修学旅行じゃねえんだぞ。

また頭の悪いことを考えて……。

「女風呂が丸見えになる薬を、先生にひとつ創薬していただきたいです」

「エジル……」

俺も遠い目をしながら言う。

「見えねえから、ロマンなんだろ？」

「――――ッ！？！？」

衝撃的なセリフだったらしく、エジルから熱い視線を感じる。

「先生ぇぇ……余は……余は、せっかく見つけたロマンをこの手で握りつぶそうとしていたんですね⁉」

なんか、めちゃくちゃ感激してる。

そもそも女風呂が丸見えになる薬ってなんだよ。

……そうじゃないけど、覗くことができる薬なら創れるらしい。

覗きがバレない薬というか。

そんなもん作ったら絶対悪用するだろうしなぁ……。

ちら、とエジルを見ると、まだ暑苦しい感激顔でおれを見つめている。

おれも気になることがあるから、そうとは言わずに素材を集めてもらおう。

「……エジル、ちょっと頼まれてくれないか？」

「余にできることなら、何なりと！」

魔王ってよりも、どっちかっていうと家来のほうがこいつにはぴったりに見えた。

魔法陣が空中に浮かび上がると、光ったそこからエジルが現れた。

普段なかなか手に入らない素材のいくつかを集めてもらったのだ。

「こちらでよろしいですか」

「うん。さんきゅー。お礼に、しばらくノエラと店番させるから」

「先生ぇぇぇぇぇぇぇぇぇぇえええ！」

熱い抱擁をしようとするエジルを回避して、創薬室に向かった。

「おーい、ノエラー？」

呼ぶと、扉を開けて中に入ってきた。

「どした、あるじ。薬、作る？」

「いや、手伝いは大丈夫だから、その間、おれのかわりに店番やっててくれない？」

「今日は、エジルいる日」

「まあまあ、そう言うなって。作りたてのポーションあとであげるから」

「るっ！」

みょん、と耳が立った。

「ノエラ、やる。我慢する」

我慢するってどんだけ嫌いなんだよ。

エジルは欲望丸出しのあの性格だし、ノエラにかかわらず女子ウケは悪いんだよなぁ。

とことこ、と部屋を出て行くノエラを見送って、おれは作業に入ることにした。

店主としては、どうしても気になることのひとつ。

あれをこの薬なら解決してくれるはず。

エジルが集めてくれた素材と元々ストックしている素材を、創薬スキルに従って作っていく。

エキスだの何だのを混ぜ合わせたものを瓶に入れて振ると、淡く中身が輝いた。

「よし、成功だな」

【スケスケスケール：しばらくの間、姿が消え他人には見えなくなる】

作ったこれで、女風呂や更衣室を覗こうってわけじゃない。そんなピンポイントじゃなく、見るのは日常風景だ。

ま、試しに飲んでみるか。

ひと口飲んで、少し時間を置く。

自分の手足を見てみるけど、透明になっているようには見えない。

「普通だ。……本当に効果あるのか、これ？」

首をかしげながら、ミナのいるキッチンへとむかう。

「お夕飯は何にしましょー？」

と、悩んでいるミナが、おれのほうをむいた。

なんだ、やっぱり見えてるんじゃ――。

「い、今、か、勝手に扉が、あ、開きましたぁぁぁ!?」

青い顔でガクガクブルブルしているミナ。

勝手にって。開けたのはおれだ。

てことは、おれは見えてない?

「お化けです……！　お化けがいます、この家に……！」

おまえが言うなよ。

手をミナの顔の前で振ってみる。

「ミナー?」

「?　今、レイジさんの声が」

姿は見えなくても、声は聞こえる、と。

でも、おれが振った手は見えてない。

よしよし。きちんと透明になってるらしいな。

効果を確認したおれは、店のほうに行ってみることにした。

「ノエラさんは、好きな男性のタイプは、何かありますか」

「……」

「余は、可憐で、もふもふで、ときどき冷たい態度をとる方が……」

照れながら、ちらちらとノエラを窺うエジル。

「……」

でも、ガン無視するノエラだった。

エジルの『あなたのことを言ってるんですよ』アピールはまったく効果がなさそうだった。

こんな様子なのか、普段。

すんすん、とノエラが鼻をひくひくさせている。

「……あるじ？　あるじの、においする」

「ノエラさん、先生は今創薬室にいて――」

ノエラは目こそ合わないけど、くんくんと鼻をひくひくさせまくって、首をかしげている。

姿は見えないけど、においはわかるんだな。っていっても、それで個人を特定できるのはノエラだけだと思うけど。

「余も……余も……」

ハァ、ハァ、とエジルの呼吸が乱れはじめた。

「ノエラさんをくんくんしたい――」

「……」

嫌悪感丸出しのノエラの目だった。

この手の表情が好きなやつには、たまらないんだろうな。

「ノエラすわぁぁぁぁぁぁぁああんっ」

ノエラに急接近しようとしたエジルが、おれの足につまづいてこけた。

「すべらばべら!?」

大クラッシュしたエジルが、棚にぶつかっていくつかの商品を落として割った。

自業自得だ。

「あるじの頼み……作り立てのポーション……。でも、もう無理——」

尻尾をふりんと翻して、踵を返したノエラは、店からリビングのほうへとむかっていった。

「ノエラさぁぁぁぁあん!?」

「ノエラに嫌われるのは、全部おまえが悪いんじゃねえのか」

「せ、先生っ!? 余の脳内に直接語りかけて……?」

きょろきょろ、とエジルはあちこちを見回している。

いや、違うんだけど、まあいいや。

あんなことを普段してるなら、嫌われるのも当然だ。

「セクハラ厳禁。ノエラにはもちろん、ミナやビビにも。セクハラ認定したら即解雇な」

「フッ……。においを嗅がせてもらう程度でセクハラとは笑止」

笑止じゃねえよ。におい嗅ごうとすんな。

「ともかく、うちではそれはセクハラになる。以後、注意してくれ」

「せ、先生がそうおっしゃるのであれば……」

とんだセクハラ魔王だった。

「できることなら辞めさせたくないから、自重するように」

「はいっ」

やれやれ。

散らかしたところ、片付けておけよー？　と言うと、「先生は透視の力でもあるのか……？」

とエジルは首をかしげていた。

「あるじのにおい。こっち」

鼻をひくつかせるノエラが、家の中をうろついていた。

「におい、こっち。たしか」

ノエラと鉢合わせないように、遠回りしながら創薬室に戻ってきた。

効果がいつ切れるのかわからないし、その間在庫作りにでも励もう。

「ここ」

ばーん、とノエラが扉を開けてやってきた。

よくわかるなー。

ててて、と近寄ってきては、すんすんすんすんすんすん、とおれの周辺のにおいを嗅ぎまくる。

「……」

あぐらをかいたおれの足の上にちょこん、とノエラが座った。

「る？　この座り心地……」

首をかしげて、こっちを振り返る。

「やっぱり、あるじ！」

あれ、目が合った。

「おれのこと見えてる？」

「？　ノエラ、見える。でも、さっきまで、あるじ、いない」

「なるほど……だいたい一〇分くらいなのか、この薬の効果は」

ふうむ。

冒険者あたりは、この手の薬はほしいだろう。ピンチのときの逃走用に。

けど、エジルみたいなセクハラマンの手に渡れば、やりたい放題だもんなぁ……。

「商品化はやめとくか」

「るう？」

話が見えず首を捻るノエラの頭をなでなでしておく。

ガチャガチャと店のほうから片づけの音が聞こえてきたので、様子を見にいった。

「あ、先生！　先ほど、先生の声が頭に響いてきて……今後セクハラは厳禁だと言われたのですが」

「今後っていうか、そもそも許した覚えねえから！」

キリオドラッグの職場環境を向上させるために、やっぱり【スケスケスケール】は要るかもな。

5　訛りはキツいと聞きとれない

おれが唯一この世界での友達と言って差し支えないジラルが、店にやってくるなりこう言った。

「レイジくん、今晩飲みに行こうよ」

飲みに行こう——。こんなふうに誘われるの、久しぶりだ。

飲めないわけでもないので、おれはふたつ返事を返しておいた。

「うん。いいぞ」

「じゃあ夕方頃にここに来るからー」

そう言ってジラルは去っていった。

となると、夕飯が要らなくなる。準備する前にミナに言っておこう。

いるであろうダイニングに顔を出すと、ふしゅー、とミナがテーブルに突っ伏していた。

「どうした、ミナ。霊力が下がってきたのか？」

「そんな力ありませんし……霊力とか言わないでください……霊じゃないので」

いや、幽霊だろ。

けど、ミナがまだこんな昼間に体力？　霊力？　を使い果たしているのは珍しい。

「体調でも悪い？」

幽霊にその良し悪しがあるのかはわからないけど。

「お庭の草抜きに疲れてしまって……」

「草抜き？」

「そうなんです……最近、抜いても抜いてもキリがなくて」

我が家にも、庭が一応あるにはある。

主に洗濯物を干す場所として活用されているけど、それ以外だと、家庭菜園用の小さな畑があるくらいで、さほど大したスペースはない。

「ラクになる薬、作るか」

「そんなのできるんですかー？」

くりん、と顔をこっちにむけて、ミナが目を輝かせている。

「まあな」

ちょっと待ってろ、と言って、おれは創薬室にこもる。

「その手のことをまるでしたことがないから、発想がそもそもおれになかったんだよな」

創薬室にあるいくつかの素材を集め、薬を作っていく。

「ま、こんなもんかな」

【雑草魂ＥＸ：植物を枯らす効果がある。除草作業がらくちん】

さっそくできた新薬を持って、ミナのところへ戻る。

「ミナ、これ」

「これが新しい薬ですか？　一体何の効果が……」

「ま、それは見てのお楽しみってことで」

庭に出てみると、たしかにミナが草抜きをした形跡があり、その他はボーボー。

放っておいたら鬱蒼と茂りそうなくらいだった。

一部だけぽっかりと空いたように見える場所は、ミナの家庭菜園で、そこにも雑草がない。

「ミナが草抜きして、庭を綺麗にしてくれてるなんて、おれ全然知らなかった」

「いいんですよ、レイジさん。家事全般はわたしのお仕事ですし」

うふふ、と微笑むけど、雑草の処理なんて手作業じゃ大変に決まってる。

おれはミナに瓶を渡した。

「これを、雑草に撒いてくれ」

うなずいたミナが、瓶の中身を生い茂る雑草へかける。

すると、青々とした雑草の一部が、しおしおと元気をなくしていった。

「れ、レイジさん、枯れてますっ！」

「そういう薬だから」

にしても、効果がこんなに早く表れるとは。

量が全然足りないので、おれは追加でいくつも作り、撒きやすくするため、それらをジョウ口に入れた。

「これで、にっくき雑草を……！」

ジョウロを手にしたミナが歓喜に震えている。

「レイジさん」

「どうぞ」

はぁーい、と嬉しそうな声を上げたミナが、庭一帯に【雑草魂ＥＸ】を撒きはじめた。

最初に使った箇所は、すでに草が枯れていて、あとは引っ張るだけで簡単に抜けそうだった。

「これで……わたしの優雅な時間が帰ってきますー♪」

雑草だらけの庭が花畑に見えるくらい、るんるんなミナが新薬を撒きまくる。

草抜きの徒労感ってやっぱり半端ないんだな。抜いても抜いても生えてくるし。

一〇分もしないうちに、緑で溢れ過ぎていた我が家の庭は、不毛の大地かのようにあらゆる雑草が枯れ果てていた。

「レイジさん、これすごいですー！」

よかった、よかった。こんなに喜んでくれるなら、作ったかいもあるってもんだ。

「あとは、枯れ切ったところから抜いていけば……」

ん？

畑以外のすべてに新薬を撒いたはずなのに、一か所だけ青々と茂る雑草がある。

おれの膝くらいには伸びていた。

「ミナー、ここ撒き忘れてないか？」

「そこはしっかりと撒いたはずですけど」

不思議そうに首をかしげたミナが、もう一度新薬を撒く。

「「……」」

待っても待っても枯れる気配がない。

何だこれ。

ぎゅい、と引っ張ってみてもなかなか根が深そうで抜けそうにない。

「「ふんんんんんん――――ッ！」」

二人で思いきり力を入れて抜こうとしたけど、ビクともしなかった。

「あるじ、どした」

おやつのクッキーを口に放り投げながら、さくさくと食べるノエラがやってきた。

「店番は？」

「お客、全然来ない」

……まあ、たしかに今日は来そうにないな。

人狼ノエラのフルパワーなら、この謎の雑草が抜けるかも。

「ノエラ、これ抜いてみてくれ」

「わかた」

クッキーを触った手をぺろぺろと舐めたあと、こっちへやってきたノエラが、雑草を掴む。

「るっ！」

腰を落として、ぐいと引っ張ると、メギッ、と地面に少しだけ亀裂が入った。

「お、おおお。ノエラすげー！」

むふーと、とドヤ顔を披露するノエラ。でも、まだ抜けそうにない。

「全力でやってみてくれ」

こくん、とうなずくと、ノエラの目つきが変わった。

コォオオ、とカンフーの達人みたいな呼吸音を出すと、雑草をガシッと掴んで、目いっぱい引っ張りはじめた。

「るんんんんぐぐぐぐ——るるるるる、るぅぅぅぅぅぅッ！」

お、おおお？　あとちょっとで抜けるかも！

「ミナ、おれたちも手伝おう」

「はい！」

ノエラの腰をおれが引っ張り、おれの腰をミナが引っ張った。

「「ふぬううううう」」

ずもっっっ！

勢い余っておれたちは悲鳴とともに後ろに倒れ込んだ。

「ミナ、大丈夫か」

「は、はぃぃ……」

「ノエラは」

「ノエラ、フルパワー……久しぶり、ちかれた」

そうか、疲れたか、よしよし。

まったく、どんな根っこしてたんだよ……。薬でも枯れないし……。

「自分らホンマにアカンで」

注意する声にあたりをきょろきょろすると、また声が聞こえた。

「兄ちゃん、ちょいちょい、こっちや」

声を辿っていくと、黒ずんだ筋骨隆々の体を持った人型の何かがそこにいた。

顔らしき場所もほぼ真っ黒。でも目と鼻と口がある。

人間……？

いや……誰。

ささ、とノエラとミナが、おれの背中に隠れた。

「いや、ホンマに。何でそんなことしよう思たん？」

どっしりと腰を落ち着けて、すげー迷惑そうな顔でおれたちを睨んでくる。

頭には、例の雑草が生えていた。

あれ、雑草じゃなくて髪の毛的なやつだったんだ……。

道理で枯れねえわけだ。

「もうええって、ええって。そんな、言い訳とか聞きたないし」

理由訊きはじめたのそっちだろ。

で、何で関西弁？

「あの、すみません。どちら様ですか？　ここは、薬屋を開いているぼくの家の庭でして……」

「どちら様って、見たらわかるやろ」

……土に植わってた、変態？

くわっと目を見開いた。

「地底人やろがい！」

「わかるか、そんなもん！」

今はじめて見たわ！

思ったより浅いところに地底人っているんだな。

めちゃくちゃ機嫌悪い大阪のおっさんみたいに、はぁーとデカいため息をついた。

「こっちは冬眠中やー言《ゆ》うてるのに。なんべんも、なんべんも」

何回もは言ってねえだろ。今はじめてだよ、それ言ったの。

地底人って冬眠するの……？

「ボケでもやっていいこととアカンことってあんねんで？」

「いや、ボケっていうか、草っていうか……」

ノエラもミナも謎の地底人との思わぬ遭遇に、ぷるぷると怯えている。

「しゃーなしやで。おっちゃん気ぃええから許すけど、今度からほんまに気ぃつけや？」

やっぱおっさんだったのか。

それだけ言うと、筋骨隆々の地底人のおっさんはのっしのっしと去っていった。

「何を言っているのかよくわかりませんでしたけど、レイジさん地底人語わかるんです？」

「え？　地底人語……？　まあ、多少はわかるけど」

「あるじ……ノエラ、怖かった。地底人、怖い」

ああ、そうか。

おれからすると関西弁にしか聞こえないけど、初耳で耐性がゼロのミナやノエラからすると、何かの言語でがなり立てる怖ぇおっさんに映るのか。

「最初は、魔法の詠唱をしているのかと思うくらい早口でした……」

「地底人、怒ってた。引っこ抜いたこと、怒ってた」

初耳の二人には、そんなふうに聞こえていたらしい。

「あれはああいう訛りで……そこまで怒ってないよ？　許すって言ってたし」

おっさんをずもっと抜いたところは、ぽっかりと穴が空いてしまったので、枯れた雑草で埋めることにした。

「ノエラ……草抜き……もう、しない……」

膝を抱えるノエラが無表情につぶやいた。

地底人のおっさんがよっぽどトラウマになったらしい。

閉店の準備をしていると、ジラルがおれを迎えにやってきた。

「なあ、地底人って本当にいるんだな？」

「レイジくん……どうしたの」

「いや、今日土に埋まってたから」

「埋まってるとかじゃなくて、そもそもそんなのいないから」

そんなバカな、とジラルに爆笑された。

「いたんだって。マジで」

あのおっさん連れてきて会わせてやりてぇぇぇ……。

「レイジくん、もう、いいから。わかった、わかったから」

ひいひい、言いながら、ジラルは笑い転げていた。

6　珍しいお客さんの依頼はだいたい厄介

珍しいお客さんがやってきた。

「魔物がよりつかなくなる薬があるって本当？」

年季の入った剣を腰に提げ、革の胸当てをして、使い込まれた鞄を背負っていた。

久しぶりの冒険者のお客さんだった。

年はおれと同じくらいの男性で、二〇代半ばあたりだろう。

「ああ、はい。ありますよ」

棚から【忌避剤】の瓶をいくつか持ってカウンターに戻る。

「動物や魔物が嫌がるにおいを発します。効果は半日ほどです」

「えっ、長っ!?」

そうなの？

「こ、これなら、本当に……あのダンジョンを踏破できるかも――」

冒険者からすれば、戦う必要はないし、命の危険もなくなるので、重宝してくれる人が多いのだ。

「頑張ってください」

いくつ買いますかー？　と紙袋を用意していると、

「あの、薬屋さん」

「はい？」

真面目な顔で冒険者がこっちを見つめていた。

「一緒についてきてください」

「嫌です」

「そんなこと言わないで……」

【忌避剤】があるとはいえ、ダンジョンって危ないじゃん。

こちとらスローな暮らししかしてないのに、そんなとこに素人を連れて行こうとしないでほしい。

「話を、僕の話を聞いてください……」

聞く気はなかったけど、勝手に話しはじめた。

「僕は、スタンリー。二六歳だ。隣町やその一帯で活動している冒険者で……」

スタンリーさんは、どうやら一人で冒険活動をしているわけじゃないらしい。

全員で五人のパーティを組み、ダンジョンで貴重なものを見つけたり、魔物と戦ったりしていたようだ。

「でも……最近、ついにバレてしまったんだ」

「ついにバレた？」

「うん。僕が、パーティでほぼ役に立ってないってことが」

バレたって……薄々自分でも気づいてたのかよ。

「ミーシャちゃん目当てであのパーティに入ったものの、全然仲良くなれないし……なんかノリも違ってたっていうか」

下心ありきでサークルに入った大学生かよ。

そしてスタンリーさんは、会議で辞めたほうがお互いのためになるとして、とリーダーに脱退するように言われてしまったらしい。

「それで……どうしてダンジョンなんですか?」

「そう決まってしまったことは仕方ないとして、僕はミーシャちゃんに告白をしようと思って」

「あ、はぁ……」

「あのダンジョンから帰ってきたら、話したいことがあるって、言って……」

照れてるところ悪いけど、これアカンやつや。帰ってこれないやつだ。

「ダンジョンの最深部にあるとされるアイテムを取って戻れば、みんなが僕を見直してくれるかもしれない。ミーシャちゃんが僕を好きになるかもしれない」

前者は同意するけど、後者はまずないだろうな。

そういうとき、そのミーシャちゃんは、すでにリーダーとお熱い仲になってるってのがお約束だからね。

「そうでなくても、冒険者としてやっていけるっていう自信にはなるから」

動機はペラペラな下心だったけど、そんなふうに言われると、断りにくい……。

ノエラがいれば心強いんだけど【忌避剤】を使うとなれば、ノエラは嫌がってついてこないだろうし……。

しゅこー、すー。しゅこー、すー。という変な音がして振り返ると、ガスマスクらしき何かをしているノエラがいた。

「あるじ、ノエラ、任せる」

「どこで買ったんだよ」

「ポーラのとこ」

何でそんなもん置いてるんだ。

「薬屋さん、僕と冒険、しませんか。――お礼に、これを……」

腰につけていた麻袋から、枯れかけたとある植物を取り出した。

「あ、これ――」

【オロナームソウ：希少価値が高い薬草。あらゆる薬品の素材として使える】

「薬屋さん、お願い！」

これがあれば、今まで作れそうで作れなかった薬が作れる。

「ノエラ、それしてると【忌避剤】は平気？」

こくん、とガスマスク娘がうなずいた。

「わかりました。この子も一緒なら」

「ありがとう！　もちろん、それでいいよ」

さっそく、おれとノエラは準備をすることにして、家の奥にいるであろうミナを呼んだ。

「ミナー？　ちょっと出かけてくるー」

「はーい」

以前、危険なことを禁止されたけど、【忌避剤】と囮効果が見込める【誘引剤】があれば、魔物に遭遇することはないだろう。

たしか今日は、ビビがシフトに入ってて昼から出勤。二人いれば問題なく店を回せるはずだ。

あれとこれとそれと、と鞄に薬品を入れていく。

自分のリュックを持ってきたノエラが、たんまりとポーションを詰め込もうとしていた。

「おい、モフ子。そんなに要らないだろ」

「るっ!?」

「ポーションをおやつ感覚で持っていくの、やめなさい」

「るう……」

ガスマスクのせいで、緊張感に欠けるな。

ポーラのやつ、面白半分で売りつけたな？

準備が整い、スタンリーさんと店をあとにする。

狼バージョンに変身したノエラに乗って、スタンリーさんの案内通りに道を進む。

ノエラはおれ以外を乗せることを嫌がったけど、ポーション二本で交渉は成立した。

森に入り、奥へ奥へと進んでいく。

まだ昼間だっていうのに、ずいぶんと暗く感じる。

岩肌の中にぽっかりと開いた洞穴を見つけた。

「あそこだよ」

あれが入口らしく、腰を下ろして休憩している冒険者が何人かいた。

到着してしばらく休憩。ノエラがポーションを一気に飲み干した。

「最深部には、何があるんですか？」

「正確には、あるらしいって言われているんだけど、誰も見たことはないんだ」

「……誰も、見たことはない？」

なんか、不穏な気配が――。

「そう。もっと深くに行けるっていう情報があるだけの、未踏破ダンジョンだから」

「思ったより難易度高ぇな！」

お気楽ダンジョンじゃないの？

カポ、とノエラがガスマスクを装備する。

「おれの【忌避剤】があれば、まあ大丈夫かな」

瓶の口を開けたままにして、においを漂わせる。

「ある程度のところまではわかるんだ」

ランタンに火を灯したスタンリーさんを先頭に、洞窟の中を下へ下へとくだっていった。

「ノエラ、暇」

「そう言うなって。暇なほうがいいだろ？」

魔物やその他生物の気配をまるで感じなかった。

出たら出たで、ノエラは一目散に逃げそうな気がする。

「……薬屋さんの【忌避剤】すごいなぁ……魔物と遭遇しない」

「あるじの薬、天下最強」

ガスマス子は語る。

「ポーション、美味の味」

おれはおれで、珍しい薬草やキノコを見つけては採取をしていく。

【忌避剤】のおかげで、超安全な素材集めのピクニックになっていた。

「ここらへんなんだ。今のところ最深部と呼ばれているのは」

ただの行き止まり。最深部らしさはまるでなかった。

「隠し通路があったり、隠し扉があったり、そういうギミックがあったりして」

「それはないはずだよ」

「じゃあ何で最深部がここじゃないってわかるんです？」

「書物によると、もっと深くに行けるらしい」

……ってことは、その書物を書いたやつは、最深部に行ったことがあるってことだよな。

ちゃぽちゃぽ、と水音がしてそっちを見ると、ガスマス子が水路に足をつけてバタ足をしていた。

「冷たい」

「そこに足入れて大丈夫なのか？」

「綺麗」

そうなのか？　と思ってじいっと見ると、たしかに透明度が高い。

「この水路の水を抜いたら階段が出てきたりして」

「ある。あそこ」

ノエラが指さした先に、薄暗いけど、たしかに数段の階段が見えた。

つーことは、あそこは本当は水に浸かる予定じゃなかったってことで……。

「水を抜くの大当たりじゃねえか」

「全部！　全部！　抜く！」

わさり、わさり、と尻尾を振るノエラのテンションが上がっていた。

「どうかした？」

「この水路、元々通路みたいで、階段があそこに……」

「あ。ほんとだ」

「何かが原因で水が氾濫して水路になってしまったみたいですね」

じゃぼん、とノエラが水路に入った。

「おい、ノエラー？」

潜っているらしく、しばらくしてガスマスクが水面から顔を出した。

「あるじ、ここ。穴。ある」

「穴？」

「詰まってる」

「ははーん。そういうことか」

となりゃ、おれの出番だ。

創薬道具一式持ってきててよかった。

おれはあらかじめ持ってきていた素材と、道すがら手に入れた素材を組み合わせて、創薬をはじめる。

「薬屋さん、一体何を……？」

「水路を通路に戻します」

瓶が光り、薬が完成した。

【排水溝クリーナー：排水溝の詰まりを解消する強力なジェル】

ぶるぶるぶる、とノエラが体を震わせると、水しぶきが飛んだ。

「排水溝ってどれくらい？」

「これくらい」

指で輪を作ったノエラ。

案外小さいんだな。

その排水溝の詰まりを元通りにしても、また何かの弾みで水が溜まっていってしまうんだろうけど、それをどうにかするのはおれの仕事じゃないし、気にしないでおこう。

「……その程度で水がなくなるのか？」

「奥に、魔法の何か、あった」

詰まりのせいで、排水能力を持っているそれが上手く機能してないってことかな。

その排水溝は瓶の口と同じくらいらしい。水中で瓶の蓋を取って排水溝に突っ込めば、効果は出るだろう。

「そんな感じでノエラ、よろしく」

「任せる」

瓶を渡すと、ノエラは水路に潜った。

しばらくすると、ガスマスクが水面から顔を出した。

まじまじと水路を見つめていると、さっきまでなかったはずの水流ができている。

排水溝があるらしい場所がぼんやりと光っていた。

ノエラが言っていた魔法の何かが作動してるんだ。

ノエラが犬かきでバシャバシャとこっちへ泳いでくるけど、全然進んでない。

「るーっ！」

目いっぱい頑張ってるけど、まるでダメだ。

その間に、どんどん水流が強くなっていき、シュゴゴゴゴゴと渦を巻きはじめた。

やばいぞ、このままじゃノエラが排水溝に吸い込まれる。

「獣人くん、これを――」

スタンリーさんが縄を投げると、ノエラがそれに掴まった。

おれも手伝いを、どうにかノエラを陸にあげることができた。

しゅこーしゅこーしゅこー、とノエラが激しく呼吸をしている。

「ノエラ、獣人、違う。人狼……」

否定を忘れないノエラだった。


ノエラの休憩を兼ねて待っていると、水路の水がどんどん抜けていき、あっというまに藻がびっしり生えた通路が現れた。

「変な魚、いる！」

しゅばっと通路に降りたノエラが、棒でつんつん、とビチビチ跳ねる魚を突いている。

「なるほど……」

排水溝を覗き込んだスタンリーさん。

「これは、魔法陣……。どうやら転移魔法の一種みたいだ」

「じゃあ、ここを通ってどこかに水が流れていったんじゃなくて……」

「そう。別の場所へ転移させてしまう代物らしい」

通路に転がる見慣れない生物に、ノエラが目を輝かせていた。

おれはノエラに行くぞ、と声をかけて、階段をくだっていった。

さっきの排水溝と他のものが連動する仕掛けになっていたのか、その魔法陣と同じ光がところどころある。

それが少しだけ幻想的な雰囲気を作り出していた。

気に入ったらしい棒であたりをぺしぺし叩きながらノエラが言った。

「ノエラ、心躍る。地下ダンジョン」

「【忌避剤】様様だな」

「本来なら、素人二人を連れて来るような場所じゃないんだけど、さすがの薬だ。マズい魔物が出たらすぐに逃げ帰るつもりだったけど、まるで出ない」

すごいな、これ、とスタンリーさんは改めて【忌避剤】の効果を実感していた。

「あるじの薬、すごい」

「そうだね、人狼くん」

「るっ」

階段を降り切ると、開けた場所にやってきた。

そこには、厳かな雰囲気の台座に水晶が載せられている。

手の平サイズのそれは、薄らと水色に光っていた。

【水神の真珠：世界で数種類しかない神器の一種】

「なんか、超超超レアなアイテムが……」

嫌な予感しかしない。

あれを台座から外したら……。

「るー!?　きれい！　ノエラ、取る！」

走り出そうとしたノエラの肩を掴んだ。

「ノエラ、ステイ！　ステイ、ステイ！」

「あるじ、どした？」

不思議そうに首をかしげた。

「そうそう、これがほしくてここまでやってきたんだ」

あ。いつの間に！

台座からスタンリーさんが水晶を持ち上げた。

「これで……ミーシャちゃんに告白して……」

なんて言っていると、ゴゴゴゴゴ、と地鳴りのような音が洞窟全体から聞こえはじめた。

「言わんこっちゃねえ！」

「な、何!?　一体何が――」

「あるじ、あっち。水の音！」

指さしたほうから、ちょろちょろ、と水が流れてきている。

今はいいけど……これって――。

「スタンリーさん、逃げますよ！」

「う、うん！」

「ノエラも！」

「わかた！」

おれたちは大急ぎで来た道を引き返す。

どぱぁあん、と鉄砲水が台座のあった場所を一瞬にして水中に沈めた。

水嵩はどんどん増していくのに、階段はのぼりで、なかなかスピードが上がらない。

このままじゃ追いつかれる――。

「スタンリーさん、【忌避剤】を捨ててください」

「え、けど、これがないと」

「ノエラが本気を出せないんで。――ノエラ、変身よろしく」

「任せろ！」

スタンリーさんが【忌避剤】の瓶を投げ捨てる。ノエラのガスマスクを預かると、体が光って狼に変身した。

おれとスタンリーさんが背中に乗ると同時に、一気にノエラが階段を駆け上っていく。

すぐ真後ろには流れの速い水流が迫ってきていた。

「頑張れ、ノエラ。帰ったら作り立てポーション、たくさん飲ませてあげるから！」

「るうう！」

また速度が上がったノエラが、どうにか逃げ切ってくれて元の通路まで戻ってこられた。

それからは、バテバテのノエラに人型に戻ってもらい、ガスマスクを再度装備。おれが持ってきていた予備の【忌避剤】を使い、安全にダンジョンから抜け出すことができた。

数日後、
スタンリーさんが店にやってきた。

「薬屋さん……」

「どうしたんですか。どんより顔で」

フラれたな、こりゃ。

あの日。

スタンリーさんとその仲間が拠点としている町まで彼を送って、おれたちは解散した。

大活躍してくれたノエラには、ポーション配給強化週間として、朝昼晩それぞれ一本を渡している。

「これを、もらってほしい」

鞄から出したのは、あの日台座から取った水晶だった。

「えっ。なんでまた……」

これが、あのダンジョンの最深部まで行った証だって話だったのに。

「ダンジョン最深部まで行ったことは、パーティ連中も認めてくれたんだ。その勇気と行動力に、またパーティに入れてあげるって言って」

「おお、よかったじゃないですか」

「それはいいんだけど……宣言通り、ミーシャちゃんに水晶を渡して告白したんだダメだった、と。

「『水晶とかプレゼントされても、困るんだけどｗｗｗ』って爆笑されて……『物理的にも精神的にもなんか重いから、要らない』って……」

ドンマイ。

そのミーシャちゃんとやらが、これがほしかったって情報、今までなかったもんね……。

「もう、あのパーティ、ちょっと気まずいから抜けたいわぁ……」

女の子目当てでサークル入って撃沈した大学生かよ。

「売ることも考えたけど、迷惑をかけてしまった薬屋さんにもらってほしいと思って」

「ああ、それでここまでわざわざ……」

こんなレア中のレアアイテム、おれが持っててていいのかどうかわからないけど、そこまで言うのなら。

渡された水晶を手に持つ。

ひんやりとしていて硬質な肌触り。柔らかな水色の光りが微かに出ている。

「これ、持ってるとミーシャちゃんの爆笑顔と迷惑顔を思い出すから……」

なんか、聞いてるこっちがツラくなるから、この話はもうやめてほしい。

「やっぱりあのパーティ抜けて、違うパーティ探すよ」

「それがいいんじゃないですか」

違うパーティっていうか、違う女の子って聞こえるんだけど。

じゃあ、とスタンリーさんは店をあとにした。

「レイジさん、それどうしたんですか？」

「ああ、この前の……迷惑料？」

「綺麗です～。磨いてどこかに置いておきますね」

使い道がさっぱりわからないので、わかる人が現れるまで、しばらく預かるとしよう。

ノエラが奥から顔を出した。

「あるじ、昼ポーション、ノエラまだ」

「はいはい」

ほんの少し刺激的な冒険を終えたおれは、こうして今日ものんびり暮らすのだった。

7　演武大会

最近、町の近くの平原で警備を任されている赤猫団の人たちが、訓練に勤しんでいるのを見かける。

「みんな頑張ってるんだなー」

「そういえば、明日でしたね」

なるほどぉ、とミナが一人で納得したように言った。

ミナの買い物に付き添った帰り道のことだった。

「明日って、何が？」

「傭兵団の皆さんが、日頃の鍛錬の成果を見せる大会があるんです」

「へえ、そんな催しが」

町の人からすると、どんな人が守ってくれているのか知れるいい機会だ。

それに、田舎町だとこういうイベントって滅多にないから、いい見世物にもなる。

「これは、ポーションが、売れるな？」

「今、レイジさんの目が光りました！」

傭兵団のみんなが怪我しても大丈夫なように、たんまりとポーション作っておくか。

「キリオドラッグの出張店舗をしようか」

「それはいいですね～。普段店まで来られない方にも色んな薬を見てもらえますし」

出張店舗にも限界はあるだろうから、持っていく薬をリストアップしないと。

「……」

オォッとか、ヤァッとか、かけ声が聞こえてくる。訓練用の木剣や棒を振っていたり、実際に立ち合ったりしていた。

「どうしたんですか、レイジさん？」

「男子なら、ちょっとくらい強さに憧れるもんなんだよ」

「そうなんですか？　でも、わたしは、強いレイジさんより、優しいレイジさんのほうが好きですよ？」

ちらっとミナを見ると、はっと何かに気づいたミナは顔を赤くして、慌てて両手を振った。

「い、今のは、そういう変な意味ではなくて……」

「わかってる、わかってる」

強くなりてぇぇぇ……！　なんて中学生みたいなことを思うことは滅多になくなったんだけどな。

あの一団の中に、ひときわ目立つ赤い人がいた。アナベルさんだ。

真剣な眼差しと剣捌き。ときどき発するハァッ！　という気合い。

あれが本業なんだよな。はじめて見るけど、ちょっとカッコいい。

「むう。レイジさん、早く帰りますよ」

おれはミナにぎゅっと腕を掴まれて、急かされながら店へ帰っていった。


その日の夕方。閉店の時間になろうかというとき、赤猫団の副団長、ドズさんがやってきた。

「薬神様っ」

どたばた、と店内に入ってくると、カウンターにしがみつくようにして膝をついた。

「どうしたんですか、そんなに慌てて」

ドズさんが顔を上げると、厳つい顔をくしゃくしゃにして、今にも泣きそうになっていた。

「明日、演武大会があるんですが」

ミナが言っていたあれだな。

「みたいですね。楽しみにしてますよ」

「ああ、ありがとうございます。……それはいいんですが、オレに、一時的に強くなる薬を作ってください――っ！」

「そんなまた無茶ぶり……」

呆れるおれにドズさんは続けた。

「姐さんが昨日料理をしたんですが」

「はあ」

「それが当たっちまって……。全部きちんと食べたオレだけ……」

ドンマイ。

手料理なんてするキャラじゃないし、その頑張りに応えてあげようとドズさんは思ったわけだな？

ドズさんはアナベルさんに好意を寄せている節がある。

そりゃ、無理して食べちゃうよなぁ。うんうん。

「ドズさん、カッコいいですよ」

「へへへ。そんな、褒めねえでください」

「あ、そっか、下痢止めっていう定番の薬ってなかったような……？」

「下やら上からの猛攻はもう終わったんです」

「そりゃよかった」

「ですが……そのせいで筋力がごっそり落ちちまったようなんです」

その根拠として、今日の剣や槍の振りがかなり鈍くなっていたらしい。

本来なら栄養として脂肪や筋肉になるはずのそれらが、全部体外に出ているってことになるもんな。

それじゃ力は出ない。

「これじゃ……下のやつらにも示しがつかねえ結果に……」

「アナベルさんにもいいところを見せられないし？」

「そ、そういうことです」

「ちょっと待っててください」

おれはドズさんを待たせて、棚にある【パワーポーション】を手に取った。

今の悩みを聞くだけだと、これが最適に思う。

「でもこれは……」

体を鍛えようとしたノエラやミナが飲んだことがあった。

そのとき筋力が相当強化されたように見えたけど（なぜか日サロ帰りみたいに黒くもなったけど）本当に一時的なもので、三〇分ほどで元に戻った。

用途としては、継続的にトレーニングをして効率よく筋力をつけるための、いわば健康食品。

でも、たぶんドズさんが言っているのって……。

「バフってことなんだよな」

求めているのは、一時的に戦闘能力を上げる類いの効果だ。

ちらっと振り返ると、いつもより、体が小さく見える。筋肉が落ちたせいか？

開催日は明日で、筋肉をつけている時間なんてない。

「筋肉をつけるんじゃなくて、ステータス的な意味合いの、物理攻撃力に直結する『筋力』を強化したいってことなんだよなぁ……」

この前のスタンリーさんとの一件で、冒険者のお客さんが増えたし、この手の薬はあったら冒険者の役にも立つ、か……。

「わかりました。当日、どうにか間に合わせます」

「薬神様ぁぁぁぁぁぁああ」

ぶわぁっと泣き出したドズさんは、鼻水も垂れ流したままおれの手をがっしり握った。

鼻水、鼻水！　それをまずどうにかしてくれ！

「ありがとうございます。オレ、やります……！」

「頑張ってください」

そう言って、おれは帰っていくドズさんを見送った。

さっそく作っておくか。

「ミナー？　店番頼めるかー？」

「はーい」

ミナと入れ替わりに、おれは創薬室に入った。

「あ――――！　……何をしに来たんですか」

「何をしにって、ご挨拶だな」

素材を選んでいると、店のほうからミナともう一人の話し声が聞こえてきた。

「明日のことを……ちょっと伝えに来ただけだ」

声からして、やってきたのはどうやらアナベルさんのようだ。

「そうでしたか。お伝えしますから、メッセージをどうぞ」

ミナの声音に険が混じっている。

どうしてか、ミナとアナベルさんはウマが合わないらしい。

「直に言うから、呼んでくれよ」

「レイジさんは忙しいんですぅー」

ミナは意地でもおれを店に出さないつもりらしい。

仕方ないので、おれは創薬を中断して、店に顔を出した。

「こんにちは」

「ああ、薬屋」

ミナはぷう、と膨れている。

「どうかしましたか」

「いや……あの、明日なんだけど……演武大会、町でやるから、見に来いよ」

「はい。そのつもりです」

ポニーテールの赤い髪を、くるりん、くるりんと弄びながら、目をそらして言う。

「いつも世話になってっから……昼飯も、持ってく。た、食べてけよ……」

声ちっちゃ。

対照的に、どどんとミナが胸を張った。

「わたしも持っていきますので」

何で張り合ってんだ？

「レイジさんは、出張店舗の切り盛りでお忙しいので、演武の試合を見る余裕はないかもしれませんね」

ニコニコとミナは言う。

けど――。

「明日は、エジルとビビがいるし、ミナはビビと店のほうを頼む。おれとエジル、ノエラで出張するから」

「えぇぇぇぇぇ！　わたしも……っ、出張店舗のほうが……っ」

「おれ以外だと、ミナが一番頼りになるんだよ。だから、頼む」

「仕方ないですね……」

ミナが不承不承といった様子でうなずいた。

ニヤニヤ、とアナベルさんが頬をゆるめた。

「お留守番、ご苦労様」

「ぐぬぬぬ」

こんなふうに、事あるごとにお互いを煽るんだよな、この二人。

「そ、それじゃあ……また明日」

ちっちゃな声で別れを告げたアナベルさんは、店をあとにした。

「レイジさん、お腹壊すから、あまりアナベルさんのご飯は食べないほうが……」

「心配ありがとう。まあ、そのへんは上手くやるよ」

不服そうなミナに言い残し、おれは創薬室に戻る。

途中でやめていた作業を再開すると、そう時間はかからずに新薬が完成した。

【ストレンスアップ：一時的に腕力・脚力等の筋力を上げることで物理攻撃力を上昇させる】

よし。これならドズさんの悩みは解決できるはず。

……でも、ドズさんだけこれを使っちゃズル以外の何物でもない。

使うなら、参加者みんなに。それで多少公平になるだろう。


仕事がはじまる三〇分前にやってきたエジルに今日のことを説明して、出張店舗の薬品を選んでいた。

「まだ時間じゃないのに手伝ってもらって悪いな」

「いえ、いいんです」

魔王のくせに、時間通りにちゃんと来るどころか、仕事の前はだいたい二、三〇分前には絶対来てるんだよなぁ。

「先生とノエラさんと余。いい組み合わせです」

ノエラがいれば他は何でもいいくせによく言うよ。

苦笑しながらおれは作業を続ける。

ノエラはまだ朝食をのんびり食べていた。その不良もふもふ店員がやってきたころには、大方の準備が整い、ミナが作ってくれた弁当を持たせてくれた。

「出張店舗、頑張ってくださいね」

手を振るミナに応えて、おれたちは店をあとにした。


町で一番大きな広場が演武大会の会場らしく、すでに柵が立てられ学校の教室ほどある即席のリングが出来ていた。

持ってきた薬は、基本売れ筋の商品を中心に一〇種類ほど。

会場の隅に陣取ったおれたちは、それを露天商のように並べはじめた。

やってきていたポーラがこっちに気づいた。

「やあやあ、レーくん、今日はどうしたの？」

「ここで演武大会が開かれるだろ。それで、ちょっと店の宣伝も兼ねて」

「ほほぅ。商売上手だねえ」

「そっちは何もしないの？」

「うん、面倒くさいから」

面倒って。相変わらずだな。

こういうとき、出店に兜や剣を並べたら売れそうなのに。

「ノエラさん、余がこの演武なんとかに出場してニンゲンを倒せば、余のことを好きになりますか？」

「ならない」

つん、と相変わらず素っ気ないノエラ。

「先生……余は、最近ノエラさんの塩対応も好きになってきました」

「おまえ……訓練されてきたな」

いつでもポジティブだった。

「エジル、今回のこれは、あくまでも傭兵団の鍛錬を見せる場所で、部外者は参加できないんだよ」

そうでしたか、とエジルは集まりだした人たちを眺めながら、お釣りの用意をしていく。

エジルは、おれの目が行き届かないところまできちんとフォローしてくれるんだよな……。

さすがは魔王……というか、側近になったほうがより能力を発揮しそうだ。

ぞろぞろ、と町の人たちが集まりはじめ、うち以外にも出店が増えてきた。

「あ――あるじっ、あるじっ、リンゴ飴！　リンゴ飴！」

はうはう、と興奮したノエラが、ぎゅいいいいいいいいいい、と凄まじいパワーでおれを引っ張っていく。

「こら、待て待て待て」

「店、エジルに任す。大丈夫」

「ノエラさん、余のことを信頼して――！」

いや、なまじ優秀だからいいように使われてるだけだと思うぞ？

「おお、薬屋さんと薬屋さんとこの狼ちゃん」

狼ちゃんことノエラが、店主に指を二本立てた。

「ふたつ」

「毎度」

おれは要らないんだけどなぁ。美味いけどすぐ腹いっぱいになるから。

と、思いっつもお代を支払う。

ノエラにふたつ渡すと、
高速でリンゴ飴をペロペロしはじめたノエラは一瞬にして飴の部分を舐め取った。シャクシャクとふた口くらいでリンゴ本体を食べきると、ふたつ目も食べはじめた。

「どっちもかよ」

「る？」

首をかしげると、今度は鼻をすんすんとひくつかせ、また別の方角を指差した。

「あるじ、あっち、肉のにおい！」

「ああ、もう、お小遣いやるから、これでどうにかしてくれ」

「わかた！」

財布から一〇〇〇リン札を抜いてノエラに渡す。

ぱあぁ、と目を輝かせると、ビュウン、と人波の中にモフ子は姿を消した。

「フーワッハッハッハッハ！　いいか、ニンゲンども！　この薬は――」

あっちはあっちで、ずいぶんな接客をしているらしかった。

「ああ、キリオドラッグの。今日はここで売ってるんだ？」

「う、うむ。そうだ！　先生のご厚意に甘えるがよい！」

何でおまえが威張ってるんだよ。

そういうヤツだってことをお客さんも知っているらしく、これといって問題は起きてなさそうだ。

今のうちに、【ストレンスアップ】を赤猫団のみんなに配っておこう。

「く、薬神様ぁぁぁ……」

のっしのっしとドズさんが駆け寄ってきた。

「で、できましたか……？　例の、ブツは」

「……できましたよ」

ニヤリ、と笑うおれ。

ニヤリ、と笑い返したドズさん。

「さすがです」

「いえ、それほどでも」

「これで、後輩や部下にナメられない戦いができるし、姐さんにもいいとこ見せられる……！」

どうぞ、と一本手渡すと、ぐびぐびと一気飲みした。

「お。おぉぉ……！　これはッ」

ドズさんがぐっと拳を握ると、昨日とはまるで違う力強い筋肉が腕や肩に隆起した。

「おぉぉ……効果抜群だ」

「見ててください、薬神様。今日はオレが主役の日です」

「頑張ってください」

そうなると、いいですね。

おれは遠い目をしながら、穏やかに微笑んだ。

さて。

おれは顔見知りの赤猫団のみんなに、薬の試供品として【ストレンスアップ】を渡していった。一時的に戦闘能力を上げられるという説明に、みんな食いつき、出番直前に飲むと言ってくれた。

演武大会は、トーナメント形式で戦っていき一番を決めるものだった。

組み合わせは抽選。それが終わると、トーナメントに名前がどんどん書き込まれていく。

アナベルさんは、出ないのか……？

と思ってトーナメントの上を見ると、優勝者は、アナベルさんへの挑戦権が与えられるらしい。

明らかにチャンピオン扱い……！

そのアナベルさんをようやく見つけた。

「アナベルさん」

「お、おう……薬屋。来てくれたんだ」

「ええ。あ、これ試供品です。よかったら使ってください」

効果を説明すると、片眉を上げながら胡散臭そうに瓶を見つめるアナベルさん。

「一応、みんなに渡しているので……」

「ふうん。ありがとよ。使ってみるよ」

と、ポケットに瓶を突っ込んだ。

第一試合がはじまり、柵の周りにいる観客たちが声援を送りはじめ、広場は大盛り上がりとなっていた。

「昼飯……弁当、作ってきたんだけど……食う……？」

「昨日言ってたやつですね。じゃあ、是非」

「お、おう……」

出張店舗の場所を教えると、アナベルさんは逃げるようにその場を去っていった。

ミナのもあるけど、大食いノエラがいるからどちらもきっと完食できるはず。

「フゴラァァァァアアア！」

太い雄叫びが聞こえた。あ。ドズさんが試合してる。

丸太みたいな棒を頭上でぶんぶん振り回し、激しく相手を威嚇していた。

リング上がる前のプロレスラーかよ。

どうだ、と言わんばかりに、ニヤッとドズさんが笑う。

対戦相手も、「ヌゥゥゥゥウン」と唸り、用意していた重そうな二本の鉄の棒をブンブンと両手で振り回しはじめた。

ドズさんが思わぬ展開に目を丸くしている。

「あ、あれ……何そのパワー!? ズルくね!?」

「薬神様から試供品をもらったんでさぁ、副団長……! 姐さんにシバいてもらう権利は、オレがもらうッ!」

シバかれるの前提なんだ。

「あ、あの薬は、オレだけじゃ――」

じゃないんですよ、ドズさん。

そもそも、この大会で勝ちたいっていう話じゃなくて、強くしてくれってだけの依頼だったから、グレーゾーンだけど変なことはしてない。

「だ、だからといって、ここで負けて、姐さんにシバかれる権利を奪われるわけにはッ――」

やっぱりシバかれるの前提なんだ。

「「ウォォォォオオアアアアアアア!」」

男と男のパワーバトルがはじまり、ほどなくしてボロボロになったドズさんが勝利した。

対戦後は、どちらにも無料でポーションを渡した。

「二人とも、このキリオドラッグのポーションを」

「おぉ、このキリオドラッグのポーションは、飲んだそばから傷が一瞬で癒えるぞ！」

「本当だ！　しかも飲みやすい！」

「爽やかな味！」

「もう従来のポーションなんて、飲めねえよ」

「これが一本一二〇〇リン。安すぎないか？」

「――えっ、今日に限り、一〇〇〇リンに割引？」

「あそこの店舗で、買うっきゃねえ」

ご覧の試合は、キリオドラッグの提供でお送りしました（適当）。

色んな意味で会場がざわついたけど、試しに飲んでみようというお客さんが、エジルの高笑いが聞こえるほうへと続々と足を運んでいった。


「先生！　そろそろポーションの在庫がなくなりそうです」

出張店舗のエジルがおれを見つけて声をかけた。

「やっぱりかー」

どんな商品がうちに置いてあるのか、っていうのもみんなに知ってほしかったから、ここに持ってくる種類を増やした。その反面、量を多く持って来られなかったのだ。

「ノエラー？」

しゃしゃしゃ、と黒い影が人込みを縫ってこっちに近づいてくる。

「あるじ、呼んだ」

現れたノエラの手にはイカ焼き。もう片方の手には肉の串焼き。口の周りはソースかタレか何かで汚れていて、もちゃもちゃ、と口を動かしている。

こいつ、存分に楽しんでやがる。

「呼んだ、呼んだ。ポーションの在庫がなくなるから、店に行って追加で二〇〇本ほどこっちに持ってきてほしいんだ。なるべく急ぎで」

「わかた。任せる」

イカと肉串を食べ終えたノエラは、狼バージョンに変身し、猛スピードで広場をあとにした。

たぶん、往復で二〇分もかからないだろう。

ノエラはノエラで得難い人材なんだよなぁ。

エジルが在庫がわずかとなったポーションの大切さをお客さんに語っている。

「余が世界の半分と交換しようとしても尚、先生は断固としてこれを譲らなかった……貴様らニンゲンにこのポーションの尊さがわかるか!?」

そんなこともあったっけ。

「その『尊さ』とやらを知ってもらうために売ってるんだろ？　演説はいいから売ってくれ」

そうでした、すみません、とエジルが小声で謝った。

リングのほうでは、予定されていた試合がどんどん消化されていっていた。

組み合わせを見ると、ドズさんがあと一勝でトーナメントを制覇するところだった。

どでかい丸太で無双している様子からすると、きっと決勝も勝つだろう。

昼どきになり客足が遠ざかったころを見計らって、エジルと一緒に、ミナが作ってくれた弁当を食べる。

「あの女……先生の胃袋を掴むとは……姑息な」

「おまえは何視点でおれを見てるんだよ」

「しかし美味いです……。魔王の料理番をさせたいくらいです」

「魔王城って変な食い物出てきそうだもんな」

「ええ……」

諦念混じりの悲しい笑顔をした。

おほん、おほん、とアナベルさんが店先で咳をしていた。片手にはバスケットが握られていた。

「約束でしたね。行きましょうか」

「ああ……うん。その……腹いっぱいなら、無理しなくても」

「ノエラの分も残してあるんで、そこまで満腹じゃないですよ」

そ、そっか、といつにも増してアナベルさんは小声だった。

そんなアナベルさんをじぃと見たエジルが、ずばっと指差した。

「き、貴様、先生のことが好きなのか――――!?」

「～っ!?」

驚いて口をVの字にしているアナベルさんに、エジルは目を細める。

「怪しい……わざわざ己の手で料理を作り、わざわざここまで先生を呼びに来るなど……」

「やめろ」

ごちん、と拳を落とした。

「いだっ!?」

「アナベルさん、すみません。うちの店員がいきなり変なこと言い出して」

「いや……いいんだ……」

アナベルさんのうつむきがちな顔は赤く、小声にも拍車がかかった。

こっちだ、と言われるがままついていく。

広場の外れにあるベンチは、見物に集まったカップルが占領していた。

「くぅ……ここがベストだったのに」

あっち、こっち、それならこっちだ、と思い当たる場所を回ってみたけど、さすがイベントごとが少ない田舎町。

こういう日はどこも人でごった返していて、町中の人がここにいるんじゃないかってくらいの人出だった。

「食べる場所が……ない……」

アナベルさん、戦う前にすでに灰になってた。

トーナメントで敗れた団員たちが、こそこそと様子を見に来ている。

「団長大丈夫か」

「大丈夫なわけねえだろ」

「そうだぞ。姐さんは今、色んな意味でドッキドキなんだから」

外野、うるさいぞ。

おれはあたりを見回して、人がいない木陰があったので、そこに腰を下ろすことにした。

ぱっとハンカチを広げて、「ここどうぞ」とすすめる。

「え。でも……」

「ああ、いいんですよ。おれは。ぱっぱって払うだけだし」

「あ、ありがとう」

敷いたハンカチに控えめに腰かけたアナベルさん。

その隣におれも座った。

「あの表情――マズいぞ」

「ああ、ありゃヤバい」

「何がヤバイんすか」

「「姐さん。キュンキュンして死にそうになってる」」

ああだこうだ言われているけど、当人に声は届いていないらしい。

でも、こんなふうに心配してもらってるのは、アナベルさんが団長として慕われているってことなんだろう。

作ってくれたのはサンドイッチで、おれはそれをいくつか食べた。

「わ、悪いな。……あんたんとこの子みたいに、上手じゃなくて……」

ミナのことかな？

「十分美味しいですよ」

「そ、そうか？　それならよかった。……本当はもっと量があるはずだったんだが……はは……下手っぴでまともなの、予定の半分以下になっちまって」

ぽりぽり、とおれのほうは見ないまま、アナベルさんは頬をかいた。

「アナベルさん、傭兵団の団長だからもっと怖い人だと思ってたんですけど」

「わ、悪かったな。愛想もアタシはねえし……」

「でも、可愛らしいところもあるんですね」

「つっつっ!?」

ぼふん、とアナベルさんがまた顔を赤くした。

「薬神様、姐さんを殺す気か」

「あれは口説いてるってことすか」

「薬神様なら、姐さんを任せられる……」

外野が口々にこぼした。

それと対照的に、アナベルさんの口数がゼロになった。

あれ……おれ、なんかマズイこと言った？

「姐さんんんんんんんん！　ウォォォォオオオオ！」

決勝戦に勝利したドズさんが、雄叫びを上げていた。

【ストレングスアップ】の効果はまだ持続中らしく、パワーアップした状態で挑むつもりのようだ。

「ドズの兄貴……雰囲気ぶち壊し」

「だからモテねえんだよ、兄貴は」

「姐さんとのスペシャルマッチ……うらやましいっすね……」

ぺしぺし、と両手でアナベルさんが頬を叩いた。

「薬屋、ありがとう。ちょっと行ってくる」

「頑張ってくださいね」

「誰に言ってんだよ」

皮肉そうな笑みを口元に浮かべたアナベルさんは、リングのほうへと行ってしまった。

「あるじ、疲れた……」

へばったノエラが、おれの足にしがみついた。

出張店舗までポーションを届けて、ようやく一息つけたみたいだ。

「お疲れ様。アナベルさんの試合、見るか？」

「見る」

人だかりが多くなりはじめ、ノエラの身長じゃ見えないので、肩車をしてあげた。

「るー♪　見える、見える、あるじ！」

「よかったな」

掴まる場所がないからって、ときどき目隠し状態になるの、なんとかして。前見えないから。

ぎゅうう、と頭にしがみついておれに目隠しをするその手をどけて、ようやく前が見えた。

「ドズ」

「姐さん……！」

リング内で睨み合った二人。

アナベルさんの手には、木剣。ドズさんの手にはこれまで通り丸太。

あれ――アナベルさん、もしかして――？

二人が構えると、観客から歓声が上がった。

「あ、姐さんんんんんんん」

ぶおん、と丸太を振り、アナベルさんはそれをひらりとかわす。それを三度繰り返したところで、目にも止まらぬ速さでザザザザン、とアナベルさんが斬撃を放った。

「今、何回攻撃した？　三回くらい？」

「あるじ、違う。七回」

マジかよ。

アナベルさんって滅茶苦茶強いんじゃ……。

「おい、ドズ、薬屋に変な薬作らせて、それ使ってこの程度か？」

「ど、どうしてそれを――」

「男どもは、筋肉があれば強くなったって勘違いするバカばっかだな」

……違うの？　筋肉って正義なんじゃないの？

ドズさんが振りかざした丸太を意に介さず、アナベルさんが一撃を放つ。

「どんなにパワーアップしようとも、当たらなきゃ意味ねえだろうが」

「ぐふっ……いい、お仕置き、でした……」

ドズさんが倒れ、どしん、と丸太が地に落ちた。

「やっぱり、使わなかったんだ」

おれの頭にしがみつくノエラを、地面に下ろしてあげた。

「る？」

「アナベルさんにも、強くなる薬……【ストレンスアップ】を渡してたんだけど――」

説明しようとしていると、アナベルさんがやってきた。

「薬屋……今回は手間かけさせたみたいで悪かったな」

「いえ。こちらとしても、やってみたい試みではあったので」

ドズさんが一回戦のあと宣伝をしてくれたおかげで、出張店舗は大盛況だった。

「使わなかったんですね」

「あー……嫌だったわけじゃない。使わなくても十分だと思ったからさ」

アナベルさんは、それだけ自分の腕に自信があったんだろう。

「でも……本気の本気でヤバイ何かが町を襲ってきたときは、きっとあんたの薬が、アタシらを守ってくれるんだろうなって思ったよ」

「はじめて見ましたけど、カッコよかったです」

「だろ？」

にかっとアナベルさんは笑みをこぼした。

「そんなふうに町人に思ってもらうための演武大会だからな。ただ飯食らってるだけじゃねえんだぞっていう、いいアピールになるんだ」

団員たちに呼ばれていることに気づいたアナベルさんは、踵を返し去っていった。

「赤いの、カッコよかった」

「そうだな」

それから、ノエラのマイブームが剣術となり、お気に入りの棒を持ち歩く日がしばらく続いたのは言うまでもないだろう。

8　ブラックな大人の嗜み

「よし、こんなもんか」

様々なにおいの香水を五種類作った。

今まで一種類しかなかった香水だけど、その類いのことに敏感な女性からすると、全然足りないらしく、急遽作ることになったのだ。

そうなったのも、最近店内に設置したリクエスト箱にその要望が入っていたからだった。

このリクエスト箱はミナが発案した。

『人に言いにくい相談や、男性のレイジさんに言いにくいけど作ってほしいお薬って、たぶんあると思うんです』

とのことで、設置して三日。さっそく匿名の誰かからの要望があったわけだ。

「おーい、ミナー？　作ってみたんだけど、嗅いでみてくれ」

呼ぶと、ミナが創薬室に顔を出した。

「あ。ここにいるだけですでに色んな香りが……」

やってきたミナに作った香水を披露した。

「いつものやつの他に五種類」

試しに作った小瓶の五つを、ミナはワクワクした表情で見つめていた。

小瓶のひとつを手にとり、手で仰いでにおいを嗅ぐ。

「あ、これはちょっと甘くてさっぱりしたにおいです」

「それは柑橘類の皮をベースに作ったやつ」

ふむふむ、と今度は別の小瓶を手にする。

「これは……ええっと、お花に近い感じがします」

「正解。それは、果樹に生る花や他の数種類の花の香をかけ合わせたやつだよ」

なるほどですー。とミナ。

三本目の小瓶のにおいを嗅いで、首を傾げた。

「ええっと…………？　すみません、レイジさん、よくわかりません」

「え、嘘」

においがしてない、とか？

ミナに小瓶を渡してもらい、同じように嗅いでみる。

「あれ……？　全然においしない」

何でだ？

正確には何かのにおいはしているはずだけど、よくわからない。

試しに、店番をしているノエラに嗅いでもらおう。

「ノエラ？」

店をのぞくと、すぴぴぴ、とカウンターで寝てた。

この不良店員……。

しかもお客さんいるじゃねえか。

誰かと思ったら、近所の村のミコットだった。

年はたぶん一五、六の年頃の元気系女子。髪はゆるくウェーブしている黒髪だ。ときどきやってきて、ノエラと遊んだり、薬を買ったりしている。

「ミコットだからいいけど……」

「何何、てんちょ、どうしたの?」

首をかしげるミコット。

「てんちょ、じゃなくて店長な。うちのモフ子が悪いな。ロクに接客もせずに」

「ううん。寝ている間に、こっそりと頭をよくもふもふしてるから、全然おっけー!」

寝てないと、嫌がりそうだもんな。

「『よく』……てことは、こいつ、これが初犯じゃねえな?」

「あっ」

やべ、みたいな顔をミコットがする。

「いつも起きたときに、『あるじには、内緒、内緒』って言われてて……あはは」

おれにチクらない代わりに、寝ているのを見かけたら、もふもふしていい権利を得たらしい。

はあ、とため息をついて、ちょうどよかったのでミコットに訊いてみた。

「このにおい、何のにおいかわかる?」

小瓶をミコットにむけた。

「におい？」

鼻を近づけてすんすん、とやると、目を輝かせて言った。

「あ～。何のにおいかって言われるとわかんないけど、ともかくさわやかぁ～。森林浴してるみたいな、そんな感じの～」

すんすん、すんす、すんすん。すんす、すんす、と鼻をひくつかせている。

どうやら、ミコット的にはどストライクの香りだったようだ。

「だよな……。そうなんだよな……」

ミコットが言ったように、この小瓶は、植物や木々の葉をベースに作ったさわやか系香水。

けど、全然おれはわからなかった。作っている最中は、きちんとわかってたんだけど。

「何でだろう」

「てんちょ、どしたの。難しい顔して」

おれが、さっきあったことを説明すると、ふむふむ、とミコットがうなずいた。

「それはさ、あれだよ。あれ。濃い味のおかず食べたあと、薄味のおかず食べたら味しないみたいなやつじゃないの？」

「……かもしれねえ」

鼻がその強いにおいに慣れてしまったのが原因らしい。

そうなると、今回の五種類を含め全六種類。選ぶってことが難しくなってしまう。

せっかくバリエーション増やしたのに、これじゃ意味がない。

そういや……現代の香水コーナーって、あれがあるよな。

疎いからさっぱり思いつかなかったけど、香りをリセットさせるあれが。

「けど……コーヒー豆なんてこの世界にあったっけ？」

「コーヒーマメ？？　何それ」

やっぱり知らないのか。それとも、コーヒーって名前で呼ばれてないとか？

けど、ここで暮らしはじめてから、一度もそれを目にしたことも、あのにおいを嗅いだこともない。てことは、少なくとも庶民は誰も知らないと思っていいだろう。

「ミコット、【消臭液】取ってもらっていい？」

りょー、とミコットが迷わず棚にある【消臭液】の瓶を持ってきてくれた。

たまにノエラと店番するだけあって、商品配置に詳しいな。

ありがとう、とおれは受け取って、瓶の香りを嗅ぐ。

これ自体に何も香りはしない。

「そのあとに、この小瓶を嗅ぐと……。嗅ぐと…………」

ダメだ、やっぱり香りがわからねえ！

用途として、においを消すっていうのが主な使い方だ。現に買う人のほとんどがトイレに置いているし。だから嗅覚を元に戻すっていうのとは、また別なんだな。

「作るしかないな。コーヒーのにおいに似た液体X」

「何かやる気だねぇ」

もふもふっ、もふもふっ、と熟睡ノエラをもふり中のミコットがのん気に言う。

「店番頼む」

「いや、うちってば別に店員さんじゃないからね？」

とか言いつつやってくれるらしく、ノエラの隣に座った。

時間帯的にもお客さんは少ないから、たぶん大丈夫だろう。

創薬室に戻って、ミナが泣きそうな顔ですんすん、と残りの四種類のにおいを嗅いでいた。

「レイジさぁ～ん、においが、においが、さっぱりわからなくなりました～！」

「大丈夫、気にするな。おれもだから」

「大丈夫じゃないですよぅ。せっかくレイジさんがわたしの要望に応えて香水を作ってくれたのにぃー！」

リクエストしたのミナだったのかよ。

……あ。そういや、前に一度そんな要望を言われたっけ。

でも、「それそんなに種類必要？」って疎いおれは首をかしげた。

ミナもおれに無理強いする気はなかったらしく、そのとき話はそこで終わったけど、やっぱりバリエーションがほしかったんだろう。で、リクエスト箱を設置したのもあって、要望を書いた、と。

「香りがちゃんと判別できるようになるものを今作るから」

「レイジさん……天才……！　わたしもお手伝いします！」

今回はノエラじゃなくミナを助手にして、コーヒー豆の香りに近づけるべく、草花や樹皮、果実、その皮などを配合を変えて、それこそコーヒーのようにブレンドしていった。

「できた！」


【フレグランス・リセッター：香ばしく、少し酸味や苦味を感じさせる液体】


液体は、様々なものをかけ合わせたので、黒に近い茶色をしていた。

コーヒー感は抜群にある。

ためしに瓶の新薬を嗅いでみた。

「おお……本当にコーヒーみたい！」

ミナも同じようにするけど、嗅いだことのないにおいに首をかしげた。

「レイジさん……これで大丈夫なんです？　香ばしいといえばそうですけど……」

「ふっ。お子ちゃまめ」

コーヒーの香りのよさがわからない娘っ子に、マウントを取っておいた。

もう一度【フレグランス・リセッター】を嗅いで、再び一種類を香って、別の種類を香る。

香りに対して鈍くなってきたところで、もう一度【フレグランス・リセッター】を嗅ぐ。

三種類目。

きちんといい香りの香水だとわかった。

ミナもおれと同じことをする。

「あ――、レイジさん！　香りがきちんとわかりますぅぅ！」

「においに慣れたり、わからなくなったときは、これを嗅げば一発解決」

「すごいですぅぅ！」

ミナからは拍手喝采だった。

よっぽど香水に興味津々だったんだろう。

さっそく店頭に並べることにした。一種類だった香水が全部で六種類になった。

他の商品のにおいと混ざらないように、ケースに入れて、蓋をする。

もちろん、【フレグランス・リセッター】をそばにおいて、使い方を説明するのも忘れない。

ミコットはおらず、『帰るねー』と書き置きがあった。誰も来ないし、暇だったんだろう。

てか、いつ帰ったんだよ。


数日後、マキマキことエレインがやってきた。

「エレインさん、香水の種類が増えたんですよー」

「本当ですのー？」

ミナとエレインが目を輝かせながら、ああだこうだと、ケースの前で香水の瓶を手に会話をしている。

「わからなくなってきたら、これを嗅いでください」

「すんすん。……あ。においが復活しましたわぁぁぁぁぁあ!?　レイジ様すごいですわ!」

と、女子たちには大好評だった。

エレインが大騒ぎするので、いつもお供をしている執事の爺やも香水と【フレグランス・リセッター】を試す。

「これは、これは」と、驚いていた。

しばらくおれを見つめて、こそっとひと言、訊いてきた。

「この【フレグランス・リセッター】は、いくらなんでしょう?」

「……わかりますか、これの良さが」

女子たちがきゃいきゃい黄色い声を上げて騒ぐ中、老執事は口元で微笑しながらゆっくりとうなずいた。

「ええ」

「いいですよね」

試作段階で、まだ非売品であることを告げたら、爺やがリクエスト箱に何かを書いて入れた。

おれと目が合うと、また静かにうなずいた。

大人の嗜みってやつは、どの世界でも同じらしい。

思った通り、リクエスト箱には【フレグランス・リセッター】の商品化の要望が届いていた。

「あの爺やはわかってくれるみたいだけど、他の紳士淑女はわかってくれるんだろうか」

あくまでも薬であることと、香りを楽しむものとしてなら、今すぐにでも商品化できる。

「……でも、これ、コーヒーになるんじゃね？」

受け入れられるかどうかは別として。

そういうポーションとして、やってみるか。

営業中に、あれこれメモをしていく。

「ポーションっていう体を崩さずにして……」

「レイジくん、どうしたの？」

湖の精霊であるビビが、首をかしげた。

今日は店番は、おれとビビの日だ。

「この前作った【フレグランス・リセッター】の飲料版を作ろうと思って」

「レイジくん、あんなの飲み物にしても売れないよ？」

「どうして？」

「黒っぽくて苦い水なんだよ？　誰も買わないよ、きっと」

「ふっ。お子ちゃまめ」

きちんとマウントを取ることを忘れない。

「あんなの、何がいいんだよぅ。ボクは、ポーションみたいに美味しいジュースを作ってほしいな？」

「うちは薬屋で、ジュース屋じゃねえんだよ」

「ケチぃ」

唇を尖らせたビビに、ぶーぶー、とブーイングされた。

「試作してくる。店を任せた」

「はぁーい」

創薬室で素材選びから調合法など、あれこれ試したりメモを取ったりしていると、店のほうから声が聞こえてきた。

「ミナちゃん、レイジくんがヤバイよ」

「どうかしましたか？」

「今、苦い水を作ろうとしてるんだよ。飲めるやつ」

「あぁ……あれ、わたしもよくわからないんですよね。あれが飲みたいってどうして思うんでしょう」

「だよねぇ。わかるぅー」

ガールズにはわかるまい。大人の嗜みってやつは。

「優雅なひとときを演出するには、不可欠なんだよ、コーヒーはな」

さっきまでリビングにいたノエラが、暇を持て余して創薬室にやってきた。

今日は休みなのに、どこにも出かけないらしい。

「どうかしたか？」

「あるじ、何作ってる？」

「この前作った薬の飲料版」

興味津々に目を輝かせ、みょん、と耳を立てた。

「るっ⁉　美味の味⁉」

「ノエラには、この『美味』は、きっとまだ早い……」

絶対に苦いって言うだろうな。

「るぅ……！」

おれの子供扱いが癪だったのか、「ノエラ、美味には、厳しい」と好事家ぶったコメントをする。

「ほぉ。飲んだらびっくりすると思うぞ」

「あるじ、ノエラ楽しみにしてる」

一端のレビュアー顔をするノエラは、おれの新薬を評価する気でいるようだ。

くんくん、と創薬室のにおいを嗅いで、ノエラが眉根を寄せた。

「あるじ、これ、何。変なにおい」

「やっぱり、ノエラにはまだ早いらしいな」

「るー？」

ビビは苦い水って言ってたけど、はじめてブラックコーヒーを飲んだときは、まさしくその通りの飲み物だった。

「年を取るとよさがわかるようになるんだよ、モフ子よ」

ありもしない顎鬚を触ってみせる。

おれの言うことがよくわからないらしいノエラは、また首をかしげて、創薬室から出ていった。

創薬に集中し、試行錯誤を繰り返し『新薬』はようやく完成した。いつの間にか、もう窓の外はとっぷりと暮れていた。

【ブラックポーション：香ばしい芳醇な香りがするポーション。ホットでもアイスでも美味】

説明、まんまコーヒーだな。

香水がいくつか種類があるように、ポーションも効果が同じでも飲み味が違うものがあってもいいだろう。

おれはできたての【ブラックポーション】をキッチンであたため、カップに注ぐ。

湯気が立ち上る。

コーヒーが好きなおれにとって、その湯気がすでに美味しかった。

誰かに見つかれば、変なにおいだの何だのとケチをつけられるので、きょろきょろ、と誰もいないことを確認し、カップを持ち、傾ける。

香り高い熱された【ブラックポーション】が、唇に触れる。

熱さを伴い、口の中に入った。

鼻から抜けるいい香り。ほどよい苦味。あと酸味もすこし感じられるように調整してあるため、後味もスッキリしている。

「ああ……これこれ……」

なかなか手に入らないケレンビアという木の実が主原料なので、あまり量産は出来ないのが残念……。

「久しぶりだけど、やっぱいいなぁ……」

またひと口飲んで、ほう、と一息つく。

「ほら、絶対ヤバイよ。レイジくんのあの表情は」

「レイジさん……マズいお薬を作ったんでしょうか」

キッチンをミナとビビが覗いていた。

おれがやべー薬を調合して、自分で試してハイになってるって思っているらしい。

まあ、飲みすぎは中毒になるって言われるもんな。カフェインは入ってないはずだけど。

おれは飲ませてあげようと思って、ちょいちょい、と手招きすると、ビビもミナもさっとその場を離れた。

「あるじ！　美味の味、できた!?」

来たな、大本命。

「できたぞ。これだ」

カップをノエラに見せる。

「……これ？　が、美味の、味……？」

ノエラは疑心暗鬼に黒くて温かそうなそれを見つめて、確認するように顔を上げた。

「ひと口飲んでみ」

そこで、ノエラが大人かどうか、すぐにわかる。

「わかた」

カップを持ち、湯気のにおいを嗅いで、慣れない香りに首をかしげる。

そして、ちびりと飲んだ。

「るっ……!?」

ぼんっ、と毛が逆立った。

びっくりしてる、びっくりしてる。

見てて微笑ましい。

はじめてコーラを飲んだ人みたいな表情してる。

『苦い！　マズい！　美味の味、違う！』とか言いそう。

「どうだ、ノエラ？」

そっとノエラはカップをテーブルに置いた。

微妙そうだったり、小難しそうだったり、困ったような百面相を披露して、ぽつりと感想をこぼした。

「び、美味の、味……」

絶対思ってねえだろ。

やせ我慢してるって丸わかりだった。

子供っていうより、『ブラックで飲めるやつカッコいい』って思いがちな中学生並みのメンタリティだった。

「名を【ブラックポーション】と呼ぶ」

「る!? ブラック……!? 悪そう！ カッコいい！ でも……」

黒に食いつくあたり、やっぱり中学生並みのメンタリティだった。

「でも……どうした？」

「な、何でもない」

でもマズいとか言いかけたんだろうな。

「ノエラも、この味がわかるらしいな」

「る！ ノエラ、あるじと一緒！ 味、わかる！」

おれにどうにかして子供扱いさせまいと頑張るノエラだった。

「薬屋さん……【フレグランス・リセッター】の商品化の件は……」

エレイン付きの老執事がやってきて、小声で尋ねた。

おれも小声で返す。

「……できましたよ」

「なんと……！」

これです、とおれは黒いポーションをそっとカウンターの内側から取り出す。

「お、おぉぉ……！　まさか、香るだけではなく、飲める、というのですか」

「そのまさかです」

がしっと両手で握手をされた。

「お代はいくらでも支払いますので」

「いえ。まだ試作段階。お味をたしかめていただければ」

「薬屋さん、あなたって人は……」

遊びに来ていたエレイン、バイトのシフトに入っていたビビ、それとノエラは、おれたち大人の会話を耳にして、ポカンとしていた。

「何のお話をしてるんですの？」

「お嬢様には、まだ少々お早いかと存じます」

うんうん、とおれも激しく同意した。

「ビビにもエレインにも早い」

このセリフに、いち早くノエラが反応した。

「ノエラ、わかる。美味の味。エレイン、ビビ、わからない」

マウントが取れるのが嬉しくて仕方ないらしく、むふふ、と笑っていた。

おまえだってやせ我慢してるだけだろう。

「【フレグランス・リセッター】のことを我が主に話したところ、非常に興味を持っておいでして……」

「バルガス伯爵もですか。……困った人です。では、もう一本、試供品を」

「薬屋さん……」

「疲れたとき、誰もいないところで飲んでみてください。間違いなくハマります」

「あなたも悪い人ですね」

おれは、怪しい取引をするかのように、声をさらに潜めた。

「これは、独り言ですが」

「……」

「あまり採れないケレンビアの木の実が主原料で、これが一キロもあれば、十分な量がご提供できるんです」

「ケレンビアの木の実、一キロ……」

さっそくメモを取る老執事。

「必ず、お届けにあがります」

「お待ちしております」

渋い顔でお互い笑みを交わすと、エレインが割って入った。

「何のお話をしてるんですの!? わたくしも教えてくださいまし!」

合言葉のように、おれは「まだ早い」とエレインに告げた。

現代でも、好き嫌いが分かれたり、飲めなかったりする人がいるので、バルガス伯爵は気に入るだろうかと気を揉んだけど、それは杞憂に終わり、ケレンビアの木の実一キロを老執事とともに自らが運んできた。

「レイジ殿……なんてものを作るのだ……。あれがなくては……! 仕事が、捗らない!」

「伯爵、さっそくですか」

おれは皮肉そうな笑みをうかべながら、やれやれと首を振った。

早急に作った一〇本をとりあえず渡すと、また後日現れたバルガス伯爵は、これを他の貴族にも勧めたらしい。

けど、わかる人とわからない人が出てきたようだった。

そりゃそうだよな。

普通ならそれで終わりだけど、ここからが貴族らしいというか……。

「この良さがわからないとは、まったく」とバルガス伯爵他数人がマウントを取り放題なので、みんなやせ我慢をしてわかっているフリをするようだった。

「この味がわかる、というのが、一種のステータスのようになっているのだ」

と、伯爵は教えてくれた。

我慢してでも見栄を張らなくちゃいけない貴族は大変だなぁ、とおれは改めて思った。

9　ボタンちゃん

ミナが、カップに注いだ熱々のコーヒー……もとい、【ブラックポーション】をノエラはすすった。

朝の優雅なティータイムに見えるけど、ミナは首をかしげている。

「ノエラさん、それ本当に美味しいんですか？」

「び、美味の味……」

依然としてノエラのやせ我慢は継続中。

「ミナには、よさがわからない」

渋い顔でノエラは首を振った。

こんなふうにして、マウントを取る楽しさを覚えてしまったようだ。

ミナに淹れてもらった【ブラックポーション】を楽しむ。

「レイジさんを見ていると、好きなんだなぁっていうのがわかるんですが」

ちらりとノエラを見ると、ちびりと飲んでは苦そうに口をへの字に曲げている。

どう見ても美味しそうに飲んでないよな。

首をかしげて、ミナがキッチンに戻っていった。洗い物の水音がしていると、ノエラがおれのところまでやってきた。

「あるじ」

「どした」

「あるじの『美味の味』……苦い……」

ようやく本音をこぼしやがった。

「無理しなくていいんだぞ？」

お子ちゃまノエラにこの味はわかるまい。

「ノエラ、美味しく飲みたい」

現状、その名の通りブラックだもんな。

「てなると……」

砂糖があればいいけど、どうやら砂糖はこの世界では結構貴重らしい。

代用品としてハチミツがそれにあたり、ミナがお菓子を作るときは、大抵ハチミツが必須アイテムとなっているようだ。

「けど、ハチミツを入れると本来の風味や味の邪魔をしちゃうからな」

となると、もうガムシロップを作るしかない。

牛乳やシロップを入れれば、子供だって楽しめるのがいいところでもある。

「よし、わかった。美味の味を美味しく飲めるようにしてあげる」

「できる？」

うなずくと、「るっ」と声を上げてノエラが尻尾を振った。

成分を抽出してそれ自体を飲みやすいようにするっていうのは、創薬スキルの得意分野だ。

「ノエラ、手伝う」

「頼む」

「る！」

さっそく創薬室に行き、おれは必要な素材をメモした紙を渡して、器具の準備をする。

シュバババ、とやる気満点のノエラは無駄にキビキビと動いていた。

そんなふうに店番もしてくれりゃいいんだけどな。

と、おれは苦笑いでやる気満々のノエラを見守った。

「あるじ、これ。間違いない」

持ってきてくれた素材はメモの通りで、全部正解。

それらを元に、甘味の元となる成分を抽出していき、何度か濃度を変化させて理想の物ができた。

【シロップ：果汁、蜂蜜等の成分を抽出した甘い液体】

瓶に入っている透明でいてとろみがある液体を、指ですくって舐めてみる。

「甘っ」

「ノエラも、ノエラも」

ほら、とおれはノエラに瓶を差し出す。同じようにして、ノエラも【シロップ】を舐めた。

「るーっ!?」

瞳に星をいくつも瞬かせるほど、ノエラが感動している。

その指をノエラがずーっとなめている。

「あるじ、新しい美味の味……」

「これ単体で食うもんじゃないからな？」

「る？」

やっぱわかってなかったか。

ダイニングに戻って、ノエラのカップに入れてある【ブラックポーション】に少量混ぜる。

「これで、多少飲みやすくなるはずだ」

牛乳もあればなおいいけど、あいにく今日はない。

差し出したカップを受け取ったノエラは、すんすん、とにおいをたしかめる。

「におい、一緒」

「だろ？　そういうふうに作ってるからな」

これで別のにおいがしたら、それはそれで困るんだ。

本当に飲みやすいのかと半信半疑のノエラが、ちびりと飲んだ。

「苦味の奥に、ほのかな甘さ……。果物やハチミツとは違った、控えめな甘さが苦味と合わさり――」

片言じゃなくなった⁉

まともに食レポしてる⁉

じゃあ、おれも。

同じようにして、カップの【ブラックポーション】を飲んでみる。

「うん。まあ、こんなもんかな」

「やや美味の味！」

ややかぁー。やっぱり苦味があるってだけで、ノエラ的にもう美味の味じゃないんだろうな。

「けど、クセになる……」

「お好みでどうぞ」

【シロップ】の瓶をテーブルの中央に置く。

ちびちび、とノエラが飲みながら首をかしげ、【シロップ】を入れる。首をかしげて、【シロップ】を入れる。それを何度か繰り返した。

やっぱ【ブラックポーション】の良さを全部消そうとしてるな、これ。

ノエラアレンジバージョンを飲ませてもらった。

「んんんんんんん甘っっっっ⁉」

甘すぎて脳みそ溶けるかと思ったわ。

【ブラックポーション】の欠片もないただの甘くて黒い汁だった。

おれはカブトムシじゃねえんだぞ。

「あるじ、これが、美味の味」

「ノエラ的にはな？」

おれは、やっぱそのままが一番だ。

満足そうな顔で、ずずず、と飲むノエラ。

味の好みだから、これ以上はもう何も言うまい。

そう思っていた。

けど。

明らかに、【シロップ】の減りがおかしい。

日を追うごとに、激減していく。

作っても作ってもすぐになくなる。

「なあ、ミナ、おれが作った【シロップ】、お菓子作りの材料にしてる？」

「いえ、最近はお菓子作りはしてないので……」

「だよなぁ」

ミナは、お菓子を作ったら食べさせてくれるし……。

となると、あのモフ子か。

真っ先に疑うべき犯人をおれは見落としていた。

店番をしているノエラのところに行く。

「なあ、ノエラ。【シロップ】使いすぎじゃないか」

「るう？」

……心なしか、声が太くなった。

わっさり、わっさり、と尻尾の振りにキレがなく、重そうに振っている。

「あるじ、ノエラ、ちょっとだけ。使ったの、ちょっとだけ」

毎日顔を合わせているとわかりにくいけど……。

疑いを持って見ると、ノエラがなんとなく、丸くなってるような？

全体的なフォルムが、シャープだったのに、丸っこくなっている。

「ノエラおまえ……。太った？」

「ノエラ、太らない体質」

「丸くなってるぞ、体が」

違う、違う、と太い声で否定するノエラ。

小脇に抱えた瓶に手を突っ込んで出すと、とろーんと落ちてくる【シロップ】を口で受け取った。

「ど、どっかで見たことある――――!?」

いずれ黄色いクマみたいになるんじゃないだろうな!?

ぽにょん、ぽにょん、と動くたびに腹が揺れている。

これはこれで可愛さがあるけど、ノエラの可愛いところはここじゃない。

というか、全体的にコレジャナイ感がすごい。

尻尾の振りにキレがないし。

「【シロップ】は直食いするもんじゃねえんだよ」

「ノエラの、美味の味、没収する、ダメ！」

「こんなもん食ってるから太っちょになるんだろ？」

首と手をノエラは振った。

「ノエラ、太っちょ違う。まだまだの部類」

「どこにストイックになってんだ」

こんにちはー？　と年配の女性客がやってきた。

いらっしゃいませ、と挨拶を二人でするると、お客さんがまあまあ、と微笑んだ。

「可愛いイノシシちゃんねぇ」

「――るっっっっっっっっっっ！？！？！？！？！？」

「ぶふっ。イノシシ……」

「ノエラ、イノシシ違う！　人狼！　狼！」

バシン、バシン、と尻尾であちこちを叩きながらノエラが抗議をする。

叩くそのパワーがすごいんだよなぁ。

一発一発が重いんだよ。前はもっと軽くて素早かったのに。

お客さんは、「そうだったの、ごめんなさいねぇ」と謝った。

「るぅぅ……！」

まだけらけら笑っているおれを、ノエラが睨んでくる。

「そう睨むなよ、ボタンちゃん」

「る？　ボタン？」

「イノシシの肉をそう呼ぶんだ」

「ノエラ――食べる――ダメッ!!」

食べる気なんてないけど、猛抗議された。

お客さんが帰ったあと、やりとりを聞いていたミナが店に顔を出した。

「ノエラさん……可哀想……こんなに丸々と太ってしまって……」

あらあら、とミナも同情気味。

「『ノエラ、太らない体質』ってドヤ顔していたのに……。わたしが体重で悩んでいたとき」

ミナの復讐がはじまった。

「このままノエラさんは、看板イノシシ娘として頑張ってください」

語感が全然可愛くねえ。

ミナに煽られまくったノエラが、ぶるぶる、と震える。

「もう、あるじの美味の味、飲まない！」

知らないお客さんにイノシシ呼ばわりされたことが、よっぽどショックだったようだ。

加えて、おれとミナのイノシシイジりが業腹だったらしい。

ノエラの意志は非常に固く、この宣言以降【シロップ】を直食いはしないのは当然として、

【ブラックポーション】を飲むこともなくなった。

痩せ我慢と【シロップ】直食いをやめたおかげか、ノエラの体型はすぐ元通りに戻った。

「るーるる、るー」

今では尻尾も軽そうに振っている。

10　水神の真珠

「ねーねー、レイジくん？　リビングのあれどうしたの？」

ビビはこの前、お泊りしたときに水晶を見かけたらしい。

「ああ、あれな。ダンジョンの最深部で見つけたもので、冒険者からお礼としてもらったんだよ」

「へぇー」

超レアアイテムらしき『水神の真珠』は、今やリビングの立派なインテリアとなっていた。

「湖の精霊さんは、用途が何かわかったりするの？」

「ううーん？　ボクもわかんない。でもあれって――」

ん？　何か知ってるふうだな？

おれはインテリア化している水晶をカウンターまで持ってくる。

「これだろ」

「うん。これこれ。これってさぁー」

つんつん、とビビが触ると、ビカ――――ッと水晶が激しく光り輝いた。

「うわぁあああ!?　眩しい!?　何したんだビビ!?」

「ぼ、ボクは何もしてないよぅー！」

目蓋を閉じていてもそれを貫くくらいの強い光は、しばらくしてようやく収まった。

「精霊のビビに、水晶が反応したのか……？」

おれが触っても何ともなかったのに。

「大丈夫か？」

「何ともないよ。大丈夫」

ビビは突いた指先をじいっと見つめている。

周囲に異変は何もなく、ただ単純に水晶が光っただけのようだ。

よかった。現代に戻ってるとかそんな展開じゃなくて。

何の光かとノエラとミナが顔を出したけど、説明をするとすぐに戻っていった。

何だったんだろうな、とおれは首をかしげた。

「で、これのこと、何か知ってるのか？」

おれがビビに尋ねたとき、一人の村人がやってきた。

鍬を担いだかなりのじいさんだ。

「ここから出た、さっきの光りは……」

「ああ、それなら、たぶんこれの光だと思います」

おれが水晶を指すと、くわっとじいさんは目を剥いた。

「こ、こ、こ、これは――水神様の水晶じゃぁぁぁああ!?」

まあ、水神の真珠ってスキルで出てたしな。

「えぇぇぇ――――!?　や、やっぱりぃぃぃぃぃぃぃぃ!?」

ビビも同じように驚いていた。

「やっぱりって、何だよ、ビビ。どういうこと？」

「うんと……この水晶は、水神様の化身として雨乞いの儀式とかに昔使われていたんだよ」

んだんだ、とじいさんもうなずく。

「娘っ子、よく知っておるの。さっきの光りは、まごうことなき、水神の巫女の反応……」

強張った顔に笑みを作ったビビ。

「おじいちゃん、たぶん、それは勘違いで――」

「誰じゃ、水晶を光らせた者は」

「……」

じいさんが、ちらとビビを見ると、そっと目をそらす。

おれはビビを指差した。

「おじいさん、こいつです」

「レイジく――――ん！」

ぽこぽこ、とおれを叩いてくるビビ。

「娘っ子、おまえさんじゃったかぁ……」

はぁぁぁぁぁ、とじいさんは感心したように、ビビを見ては上から下まで視線を往復させた。

「水神様の巫女って、何なんですか？」

「その名の通り、我々の願いを水神様に届ける、それはそれは重要な役割じゃ。逆に、水神様のご意思を我々に伝える役目もある」

要は、その水神様ってやつと意思疎通を図れる通訳みたいなことか。

……てか、水神様っているのか？

「レイジくん、何でボクを売るんだよお！」

「売るって、そんな人聞きの悪い」

「こうしちゃおれん――！」

喜び勇んでじいさんは店を出ていった。

「よかったじゃん。ボクは湖の精霊ですって言えば、また供物を届けに来てくれるかもしれないぞ？」

「ううん……」

おれの提案にも、ビビは微妙な表情をしている。

「水神様って何？」

「文字通り、水の神様。精霊や妖精に実体があるのとは違って、神様は目には見えないんだ」

信心深くともなんともないおれには、神様っていう概念がまだ理解できない。

「ニンゲンたちが悪いことをしたら、大雨が降り続いたり、川を氾濫させたり、逆に全然降らなかったり、そうやって罰を与えるとされているんだ」

「ふうん。罰ねぇ……」

大雨による水害ってやつは怖いからなぁ。

天災だと信じられていても不思議じゃない。

「巫女ってやつが、その水晶を触るとあんなふうになる、と」

「そういうこと。巫女っていうより、巫女の素質がある者、かな」

やけに詳しいな、と思ったけど、ビビはこれでも精霊。

おれなんかよりもずっとずっと長い間、この世界で色んなことを目にしてきたんだろう。

「昔はそういう儀式があったんだけど……。巫女は大変なんだよぅ……拘束時間長いし、お給料出ないし、交通費も自腹で、ずっと祈りっぱなしで残業なんて概念もないし」

「巫女をブラック企業みたいに言うのやめろ」

巫女装束とかあるんだろうか。

「レイジくん、今日は早退させて！　あのおじいさんが、またここに来ちゃう」

「そんなにやりたくないのか」

「当たり前だよぅ。面倒じゃん！」

やりたくない理由が軽いのなんのって。

生活石があるから、水不足を感じることは少ないけど、農家の人の実感はまた別なんだろう。

日照りが続いたり、逆に長雨が続けば作物の生長に影響が出る。

「さすがに天気をどうこうする薬は作れ……」

――るのかよ。

創薬スキルが、あれこれ素材を教えてくれている。

でも、それこそ神の領域で、本格的に薬神になっちまうから、作るのはやめておこう。

素材も希少価値が高いレアなものばかりだし。

身支度を終えたビビが、「じゃあね！」と店をあとにした。

「あのボクっ子、おれはまだ許可してないのに」

やれやれ、とおれが頭を振っていると、外から騒ぎ声が聞こえてきた。

「わぁぁぁぁああ!? ボク、ボクは違っ、精霊でっ、巫女じゃなくて――」

嫌な予感。

店の外を見てみると、ビビが村人らしき人たちに捕まって、わっせわっせ、と運ばれているところだった。

「あちゃぁ……」

こいつです、って言ってしまったことの、責任を感じなくもない……。

でも、言わなかったらあのじいさん、家中を探し回りそうな勢いだったしなぁ……。

ううん、どうしたもんか。

「あるじ、ビビどした？」

「ああ、ビビはこれからブラック企業戦士になるんだ」

「る？」

さっぱりわからないノエラは、首をかしげている。

すると、さっきのじいさんがやってきた。

「薬屋さん、水神様の水晶をお譲りしてもらいたい」

持っててもインテリアになるだけだし、これで雨が降るんならそのほうがいいか。

売り払ったあと、誰かが悪用したりするのも困るし。

「いいですよ」

「あぁぁ……ありがとう。ありがとう」

おれの手を両手で握り、それを上下に振った。

儀式の都合上、どうしても不可欠なアイテムだったらしい。

「雨、降るといいですね」

「どうにかして、水神様に我々の願いを聞き届けてもらわねば……」

「リビング、あった、水晶」

つん、とノエラが触ると、ビカ――――ッとまた光った。

「るぅ――――!?」

「おいおい、ノエラもかよ」

水神の巫女とやらはビビにお任せして、うちのモフ子は見逃してほしい。

そうお願いしよう。

じいさんは、小難しそうな顔で水晶を見つめていた。

「な、なぜじゃ……」

「どうかしました？」

「水神様の巫女が決まったら、その者が死ぬまで次の巫女が決まることはない……」

「でも、今」

「るー♪　ビカってなった！」

つん。

ビカ――――ッ。

「またなった！」

「眩しいから遊ぶのやめなさい」

おれはノエラから水晶を遠ざけた。

「これ、もしかして違うんじゃないですか？　正式名称は、水神の真珠ですし」

神器がどうのって鑑定スキルの説明にある。

がっくしとじいさんは膝をついた。

「違うやつじゃやぁぁぁ。水神様の水晶じゃないやつぅぅぅぅ」

る？　る？　と、話がさっぱり見えないノエラは、おれとじいさんを交互に見ている。

「だ、だが、言ってしもうたぁぁぁぁ……。村人みんなにぃぃぃぃ……。儀式で、雨が降るとぉぉぉぉ」

お。じゃあ、ビビはお役御免か？

じいさんは気まずそうに目をそらして、ぼそっと言った。

「じゃ、じゃが……言ってしまった手前……あ、雨が降るまで、祈祷してもらう……」

強引に推し進める気だ！

「薬屋さん……この窮地を打開する薬を、何かひとつあったり……」

「ねえよ」

ばっさりと切った。

けど、うちの店員は雨が降るまでは囚われの身になるらしい。

寮ありの住み込みで働けるブラック企業みたいだった。

「仕方ねえな。どうにかするか……」

頭をかくと、じいさんから尊敬の眼差しを送られた。

「薬屋しゃん……」

「こっちはこっちで何とかするんで、うちの子……ビビの待遇をよくしてあげてください。最低でも三食のご飯と七時間の睡眠つきで」

「わ、わかった！　手を尽くそう……！」

じいさんが店を出ていくと、おれはノエラに指示を出した。

「ノエラ、ビビの状況を見てきてくれるか？」

「わかた！」

店を飛び出したノエラが、しばらく走ったあと、狼モードになって去っていった。

「あの状況を打開……」

雨が降ったら解放されるらしいけど、雨が降らなくなったら、また拘束される。

てことは、そんなものがなくても雨が降るってことをみんながわかってくれればいいのか。

その日は終日、新薬作りに励むこととなった。


雨を降らす薬――ってのは素材の関係上、すぐには無理だけど、ビビを助け出すことができる薬は作れそうだった。

とはいえ、制作期間に三日を要した。

素材班のエジルの協力がなかったら難しかっただろう。

「先生、ビビさん救出のあかつきには、余が尽力したことを忘れずに……」

「わかってる、わかってる。エジルのおかげでもあるってステマしとけばいいんだろ？」

「さすが先生……よくわかってらっしゃる」

ビビはノエラの友達でもあるため、ビビの好感度を上げておくと、ノエラにもそれが伝わるという、打算満々の言動なのだった。

「一個しか作れなかったけど、まあ、商品化するつもりはないし、これでいいか」

おれは作った新薬を鞄に入れて、ノエラを呼んだ。

「おーい、ノエラー？　ビビんとこ行くぞー？」

「る！」

ふしー、と鼻息を荒くするノエラはやる気十分だった。

例の村は、うちからずいぶん離れている。じいさんは、町への用事があったので、たまたま通りがかったという。

ノエラのリュックを預かり、狼モードになったノエラの背に乗る。

「レイジさん、ノエラさん、お気をつけてー」

「先生！　ノエラさん！　行ってらっしゃいませ！」

ミナとエジルに見送られて、おれとノエラは店をあとにした。

「るー、るー、るるるるるー♪」

草原を走るノエラは上機嫌で、どこか楽しそうだった。

ドッグランに連れて来てもらったワンコみたいだな。

やっぱり定期的に狼モードで走り回りたいんだろうか。

原付バイクか、それ以上のスピードが出ている。事故ったら死にそう。

「これだけ速く走れたら気分いいだろうな」

「るぅ」

と、ノエラは肯定したような返事をした。

ノエラのリュック、何が入ってるんだ？

中を見てみると、ポーションが二つ。あとおにぎり弁当が二つ。

「ピクニックかよ」

「る？」

道理で瓶のガチャガチャする音が聞こえるわけだ。

たぶん、弁当のひとつはおれのなんだろう。

「ピクニックみたいに楽しくさっさと解決しよう」

「る！」

ノエラは村へむかって一直線に駆け続けた。


ノエラのポーション休憩を入れて、約二時間。

その村へとやってきた。

山の麓に村はあり、大きな畑や川もそばにある。

比較的裕福な村のようだった。

ノエラに元の姿に戻ってもらい、村を見て回ることにした。

馬車だと半日くらいはかかっただろう距離をこの時間で……。

おそるべき体力と筋力だ。

「さすが人狼」

「ノエラ、速い！」

気を良くしたノエラが胸を張った。

入口あたりであのじいさんを見つけた。

道行く人が挨拶をしている。聞こえる会話からして、どうやら村長らしい。

「ああ、薬屋さん！　お待ちしておりましたぞ」

「どうも」

村長のじいさんは、周囲に目をやって、声を潜めた。

「それで……この『村長早とちり事件』を解決する薬は……」

「直接解決する薬とは違いますが、結果的に終息する薬はできました」

「おぉぉ……さすがは、希代の錬金術師と名高いお方……」

どこで聞いたんだよ、その二つ名。

「錬金術師じゃなくて、薬屋ですよ」

お決まりの否定をしておく。

「ワシのメンツもある……どうにか穏便に事を進めてもらえると……」

「大丈夫です」

おれも大したことにはならないと思って、「こいつです」って言って、ビビを売っちまったしな。

「あれから数日経ちましたけど、ビビの様子はどうですか？」

「巫女様は、丁重におもてなししておる。こっちじゃ」

先を行く村長に、気になっていたことを訊いた。

「今まで雨はどうしてたんですか？　干ばつしているようにも見えないですし、川が雨続きだと必ず氾濫してしまうとか？」

「そうではない。干ばつは、まあ、他の村と同程度で、この村だけがその被害に遭うわけではない。氾濫は、領主様が工事をしてくれたおかげで、ずいぶんと減った」

川がすぐそばじゃから何なら日照り続きでもさほど困らないんじゃ、と付け加えた。

「あれ。じゃあ水神の巫女って意味あります？」

ううーん、と考えて、てへっと笑った。

「いないよりいた方がいいかなって」

理由、軽っ。

ビビ……おまえってやつは、なんて不憫な……。

「だが、みな、今の生活があるのは水神様のおかげだと思っている村人が多い。そういう水神様信仰が残っておってのぅ。その水神様と意思疎通ができるであろう巫女様がおると、村人の安心感が違うんじゃ」

たしかにそりゃ、いないよりいたほうがいいってなるか。

ビビは普通の女の子じゃなくて湖の精霊だから、巫女って役割も近からず遠からずってところだ。

村長が案内してくれたのは、村の寄り合い所として使われている建物だった。

現代風にいうと公民館みたいな？

ここで、村の主だった人たちが集まって、何かあるときは話し合うらしい。

「ここじゃ」

中に入ると、板の間の奥には祭壇があり、上にあの水晶がご大層な座布団の上に置かれていた。

この前で一日三度、祈りを奉げるのが巫女様のお役目らしい。

「巫女様ー？」

村長が呼ぶと、祭壇の裏のほうから声がした。

「村長さーん。パリパリポテトは、水じゃちょっと合わないんだよぅ……。ジュースがないとさぁ……。これにはこれ、っていう組み合わせってあるでしょー？」

ぱり。ぱり。ぐびぐび。

「では、誰かにブドウジュースを持ってこさせましょう」

「よろしくお願いしますー」

……。

「あ、あと！　お昼ご飯は、お肉がいいです！」

「承知しました」

…………。

ぱりぱり。ぱり。ぐび。……げふっ。

「うぅ～ん。退屈だけど、適当にお祈りしてればゴロゴロしていいし、ご飯もお菓子も食べ放題……幸せ」

祭壇の裏を覗くと、巫女装束のビビが布団の上で横になっていた。

パリパリポテト（って呼ばれているお菓子）を食べ、布団の上にこぼしたカスも気にせず、汚れた指を適当に服で拭っていた。

……こいつ、自分の家だとこんな感じなんだろうな。

心配して損した。

「おい、コラ」

「うひゃあ!?」

「ニート生活楽しそうだな？」

「れ、レイジくん!?」

しゅばっと起きて、その場に座った。

「ど、どうしてここに」

「おまえを売ったことに、責任を感じてここまで助けにきたんだよ。……と思ったらこれだし」

「…………ぱ、パリパリポテト、食べる？」

「いらねえから。このままがいいならおれたちは帰るし、嫌ならどうにかするつもりだ。どうする、ニートの妖精」

「ボクは湖の精霊だよっ」

やる気十分だったノエラも、肩透かしを食らったようで、小さくため息をついていた。

「あるじ、ビビ、楽しそう」

「そうだな。帰るか」

「ちょ、ちょっと待って――――。ひ、暇なんだよぅ。ご飯や睡眠時間がたっぷりなのはいいけど」

「薬屋さん、ワシからも、どうかお願いします」

「村長が勘違いでしたってひと言言えば、それで全部終わるんですけどねぇぇぇぇぇぇ？」

村長がいきなり、劇画風なハードボイルド顔になった。

「ミスは、誰にでも、ある」

名言っぽく言ってもダメだぞ。

「ったくもう」

おれはため息をひとつついた。

「ビビ、これを飲め」

鞄から出した新薬の瓶をビビに渡す。

「これは？」

「あとで説明する。――村長さん、水晶は回収してもいいですよね？」

「ああ、構わんとも」

鞄の中からダミーの水晶を取り出す。

作ノエラ。

あらかじめ作ってもらっていたのだ。

「の、ノエラの！　作った玉！」

丸く削った石に、青い絵具が塗ってある。けど、雑い……。

まあいいだろう。

透明になれる薬、【スケスケスケール】でもよかったけど、それじゃ突然姿を消したことになる。

それでもいいけど、村人は大騒ぎだ。水神様信仰があるならなおのこと。

「村長さん、あとはこういう感じで……」

新薬の効果を説明して、おれは村長と軽く打ち合わせをする。

「ふむふむ。それなら、みなも納得してくれるだろう。ありがとう。薬屋さん」

「いえ。お互い様ですから」

苦笑して、おれはビビに改めて効果を説明する。

「それなら、大丈夫かな」

打ち合わせを済ませたおれとノエラは、寄り合い所を出ていき、村長さんちでしばらく待つことにした。

「あるじ、新しい薬、どういう効果？」

「ああ、あれな。簡単に言うと、脱皮するんだ」

「だっぴ？」

そう、脱皮。

鑑定スキルの説明は、雑誌の広告みたいな説明しかなかったから、どのレベルの脱皮なのかはわからないけど。

【ズル剥け君：過去を忘れ新たな自分を手に入れる。ひとつ上の者になる】

村長さんちで、昼ごはんを食べてくつろぐこと一時間。

「ふぎゃぁぁぁぁぁぁぁあああ!?」

寄り合い所のほうから、ビビらしき悲鳴が聞こえてきた。

「よし、ノエラ、行こうか」

こくん、とうなずくノエラと一緒に、寄り合い所へとむかう。

悲鳴のせいで人だかりができていて、正面からは到底入れそうにない。

こうなるだろうな、と思ったので、ビビには裏口から出るように言ってあった。

ざわざわしている村人たちの中に村長を見つけた。

「村長、お願いします」

「うむ。わかった。何のお礼もできず、本当に申し訳ない」

「いえいえ」

おれたちがその場を離れると、「みなの者、静まれい！　静まれい！」と村長が大声を上げた。

おれと繋いでいた手をくいっとノエラが引っ張った。

「あるじ何おきた」

「まあ、脱皮したそれが奥にあるんだろう」

「？？」

祭壇の裏。ビビが寝起きしていた布団があるあたりで、大人数人が凍りついていた。

このままビビと合流すればそれでいいけど、どういう結果になったのか、おれも気になる。

「薬屋です、道を開けてくださーい」と、言うと、人垣が割れて、奥へ進むことができた。

「あぁ、旅の薬屋さん……」

っていう設定で村長が話してくれていたようだ。

それなら話は早い。

「どうかしたんですか？」

「こ、これを――」

指さしたそこには、ビビの抜け殻があった。

「し、死んでる――――!?」

と、知らなかったていで演技しておく。

けど抜け殻なんだよな。

巫女装束も口にくわえていたパリパリポテトすらも脱皮させている。

パリパリポテトを二枚くわえているせいで、アヒルの口みたいになっていた。

タイミング悪っ。

なんつー間抜け面……。

けど、すげーよくできてるわ……。

つんつん、と触ってみると、中身がないことがよくわかる。へにょ、という変な感触があった。

「び……ビビ、死んだぁ――――!?」

ノエラが目を白黒させながら、「あるじ、大変、あるじ、大変!」と大パニックだった。

「大丈夫、大丈夫だから」

「薬屋さん、巫女様は……」

「残念ですが……」

おれはクソ真面目な顔で首を振った。

「あるじぃぃぃぃ! ビビがぁぁぁぁ!」

「いや、だから、ノエラさん、ちょっと静かにしてて」

ちゃんと説明しとけばよかった。

ノエラの口を塞いでいると、村長がやってきた。

「これは……! 巫女様……! 水神様の水晶も……ああ、なんという……」

村長の茶番もなかなか堂に入ってて上手ぃ。

「本当だ。水晶が、子供がイタズラで作ったかのようなものに変わって……」

製作時間、約三〇分だからね。

聞き捨てならなかったノエラが、おれの手をどかした。

「ノエラの水晶、イタズラ違う！　力作！」

「ちょっと」

もう一度物理的にお口にチャック。

「もごご、もごぉ！」

じたばた暴れるノエラをがしっと抱きしめて捕まえておく。

「村長、これは一体どういう……」

「これは、巫女様が水神様の怒りを一身に受けたのじゃ……」

「なんと……」

村人たちが、ざわつきどよめきがあがった。

「どうして水神様はお怒りに……」

「ええっとそれは……」

想定外の質問に、村長の目が泳ぎっぱなしだった。

アドリブ弱すぎだろ。

「ねーねー、なんかすごい騒ぎだけど」

裏口のほうから、巫女様が顔を出した。

何出て来てんだ！

「ノエラ、ゴー！」

じたばたするノエラをビビに投げつける。

ふにゃ!?　と二人が悲鳴を上げて倒れた。

よ、よし、まだ誰もさっきの声には気づいてないな？

「水神様がお怒りになられた理由はわからぬ。だが、巫女様は我々の身代わりに――」

考えた末に結局同じ説明かよ。

まあ、巫女しか意思がわからないっていう話らしいから、それでいいのか？

ちら、と村長に目をやると、二度小さくうなずいた。

おれは目立たないように、その場を離れ、寄り合い所の裏口にやってきた。

「もう、ひどいよ、レイジくん……ノエラちゃんを投げるなんて」

ぶーぶー、と不満そうにビビが唇を尖らせていた。

「すまん、つい」

「あるじ！」

ノエラも怒っていた。

「水晶、ノエラ、力作！　イタズラ、違う！」

そこかよ。

創作者のプライドが傷つけられたんだな？

「まあまあ、話はあとで聞くから、さっさと帰るぞ」

ノエラに狼モードになってもらい、おれとビビがその背に乗って、目立たないように村を去った。


「皆さん、おかえりなさーい」

帰ってきたおれたちを見つけたミナが、ほんわかした声で迎えてくれた。

ノエラが元の姿に戻り、やれやれ、とおれたちは一息ついた。

「今、お茶淹れてきますねー」とミナは奥のキッチンへ行ってしまった。

「レイジくん、あれは何のお薬だったの？　ボク、使ってしばらくしたら、ぬるんって感じがして……」

「脱皮する薬なんだよ、あれ」

「でも、ボク、どこかを破って抜け出たわけじゃないよ？」

「あれ？　そうなの？」

こくこく、とビビはうなずく。

もしかすると、脱皮させる薬のはずが、効果が強すぎてちょっとした分身を作ったんじゃ……？

「まんまビビだったもんな……すげー間抜け面の」

「それは言わないでよぅ！　ボクだって心の準備が必要なのに、いきなりだったんだから。村は大丈夫なのかな？」

「あー。それなんだけど……」

おれは、気の毒な説明をしなくてはいけなかった。

「……てわけで、巫女は、どっちかといえばいたほうがいいかなーってくらいだったらしい」

「なんだよそれぇぇぇぇぇぇぇ！　捕まって損したよ！」

「おれも心配して助けに行って損したけどな」

あんなにニート生活を楽しんでるものとは思わなかった。

「……けど元々は、レイジくんがあの村長さんに『こいつです』って言ったせいじゃ」

「ビビ、なんかほしいもんあるか？」

「えー!?　あるある！　何、何？　どうしたの!?」

ふん。お子ちゃまめ。

「先生のその話ですと、勘違いをしてそれを改めようとしなかった村長にも責任があるのでは」

と、エジルが援護してくれた。

できるやつだよ、こいつ。

「そっか、たしかに」とビビが納得してくれた。

チラチラ、とエジルが視線を寄こす。

わかってる、わかってる。

「今回作った薬は、エジルの協力がなしじゃ作れなかったんだ」

「へー」

全然好感度上がってねえな。

エジルはなんか満足そうな顔をしてるけど。


それから数日後。

村長が店を訪ねてきた。

改めての謝罪とお礼がしたかったらしく、お土産として、ビビが食べていたパリパリポテトをどっさり持ってきてくれた。

ミナが出してくれたお茶とそのお茶請けとしてパリパリポテトを食べる。

うーん。たしかに、これに合うのはお茶じゃなくてジュースだわ。

おれは、村長からその後のことを教えてもらった。

「あれから、巫女様を祀ろうということになって……」

「へー。そうなんですか」

あの脱皮……もとい分身体をそのまま祀っているらしい。

祀るっていうか、晒してるっていうか……。

パリパリポテトを二枚くわえたままだけど、いいのか、あれで。

村長さんが帰ると、そのことをビビに教えた。

「えー!?　ボクのことを崇め奉ってくれてるのー？」

「そこまでじゃないと思うぞ」

巫女として村を守った少女……的な扱いらしい。

「そっか、そっかぁ」

と、ビビは嬉しそうだった。

「ボクは湖の精霊なんだから、崇め奉られて当然の存在なんだよ、レイジくん？」

いっつもボクをイジって遊んでるけどさー、と続けた。

「ビビ。残念だけど、水神の巫女としてだから、湖の精霊として祀ってるってわけじゃないぞ」

「はっ――ほんとうだ！」

がっくりと肩を落とすビビだった。

ノエラは、あれから創作者として燃えているらしい。

水晶とフォルムが似ていることもあり、泥団子作りを教えると一生懸命になっていた。

「あるじ、ノエラの傑作、見る！」

ほらほら、と店番をしているおれに泥団子を突きつけてくるノエラ。

「よくできました」

「るー♪」

今日もいつも通り平和な一日だった。

11　グリフォンを育てよう

「あるじ、落ちてた」

薬草畑からの帰り道、後ろを歩くノエラが言った。

「落ちてた？　何が？」

振り返ると、ノエラの手には卵があった。

何の卵だろう。

【グリフォンの卵：魔物グリフォンの有精卵】

「――す、す、捨てよう。うん。今すぐ元の場所に置いてきて！」

「あるじ、ノエラ決めた……！」

「おい、まさか……」

嫌な予感に、おれはごくりと喉を鳴らす。

「ノエラ、育てる」

「やめとけって。絶対面倒なことになるから」

「ノエラ、餌あげる。散歩させる」

「って言って、結局お母さん任せになるんだから」

ぶんぶん、とノエラは首を振った。

「ならない。固い、固い、決意」

「ほんとかよ……」

人狼なのにグリフォン育てる気なの？

大丈夫なの？　途中で美味しそうに見えたりしない？

「何食うかもわかんねえし、育てるって簡単に言うけど、生き物の命を預かるって大変なんだぞ？」

おれが否定的な意見を連射したせいで、ノエラがぷーと膨れてしまった。

あれ飼いたい、これ飼いたい、っていうのは今にはじまったことじゃない。

ネコも犬も何度かあった。

けど、今回はハードルがめちゃくちゃ高い。

成長して暴れたら、傭兵団の手にかかることになるだろうし、討伐隊が編成されて……。

ノエラ＆グリフォンＶＳ治安維持部隊のみなさん、なんて構図になりゃしないだろうか。

「魔物は怖いモノなんだよ。ノエラ。そりゃ、ノエラみたいにパワーやスピードがあれば、そこまで脅威に思わないかもしれないけど」

「るう……」

口をへの字に曲げて、ぷい、と顔を背けた。

ご機嫌を損ねちまったらしいけど、これは仕方ないだろう。

「ならない！　ノエラ、育てたら、ならない！」

「そんな自信、どこから出てくるんだよ」

まったく、とおれはため息をひとつつく。

……でも、きちんと産まれるかもまだわからないし、人に慣れさせておけば、安全な魔物になったりして――。

おれじゃ魔物知識に限界がある。こうなりゃ……魔物の有識者にちょっと訊いてみるか。

大事そうに卵を抱いたままのノエラと店へと戻ってきた。

「先生、ノエラさん、お帰りなさい！　薬草採取、お疲れ様です！」

ズバッとエジルが敬礼をする。

「ただいま。エジルも店番お疲れ」

「いえ！　世界を滅ぼすことに比べれば、なんてことありませんから！」

でしょうね。比較対象デカすぎだろ。

ノエラもエジルに挨拶を返した。

「……ただいま」

「の、ノエラさんが、挨拶を――」

うん。おれがめちゃくちゃ言って聞かせたからね。

挨拶は返すのが礼儀だって。

「なあ、エジル。ちょっと教えてほしいんだけど」

「はい？　なんでしょう」

「グリフォンって育てられるもんなの？」

「どうしたんです、藪から棒に」

「それが……」

ちら、とノエラを見ると、エジルが卵を見て、「ははーん。なるほど……」と何度かうなずいた。

「美味いですよ、卵」

ノエラの眉間がピキって音を立てたのが見ていてわかった。

「いや、そうじゃなくて。育てることはできるのかなって」

「あまり育てすぎないほうが、美味いです。とくに雛は、柔らかくて――」

ピキピキとさらにノエラの怒りゲージが溜まるのがわかった。

卵を持っているから、手を出せないらしい。

ナイス卵。

でも、尻尾を鞭みたいにしてぺしーんぺしーん、と床を叩いている。

「エジル、使役、使役は？　魔王のおまえなら、そういうの、詳しいんじゃないのか？」

あー。と、合点がいったような声を上げて、ハハハハと爽やかに笑った。

「無理ですよ、無理無理無理。先生。さすがにそれは無理です。本当に懐かないんですから」

マジかよ。

しゅーん、とノエラの怒りゲージどころかテンションも目に見えて下がっていった。

ここまで深刻な顔を見たのははじめてだった。

「でも魔族とか悪魔とかが使役して背中に乗ってそうなんだけど」

「それなら、小型の飛竜……ドラコというんですが、そいつらのほうが気性は荒いところがありますが、基本的に従順で扱いやすいです」

エジルから教えてもらった生態だと、育てるのはいいけど、飼い続けるのは難しそうだった。

「懐かないのは、ほとんどのグリフォンが生まれた卵を放置することが多いせいです。どの個体も、親の保護下にないため、生まれながらにして孤独に成長していきます」

「周り全部が敵だと認識するからってことか」

「はい。その通りです。翼で空を飛べたり、四足で地上を走れたりするのは、餌を確保しやすくするためだと言われています」

でないと、生き残れないもんな。

「雑食で、雛のうちは虫が主食です。成長は早くて、二か月ほどで大人のそれとそん色のない大きさになります。知能が高いというのも、使役しにくい理由のひとつですね。懐かないし、自分のほうが上だと認識すると、本当に言うことを聞きません」

「……魔物博士」

「博士ではなく、余は魔王です、先生」

どっちが先生かわかんねえな。

「だってさ、ノエラ」

「るぅ……」

唇を尖らせるノエラの頭をもふもふ、と撫でた。

「魔王軍では卵から育てたことってないの？」

「まず、生まれるかどうかわからないですし、生まれたとして使役しにくい魔物ですから……さすがにそれは、やったことがないですね」

魔物博士の話じゃ、ネガティブな判断材料しか出てこなかった。

サイズとしては、馬サイズの虎。その巨体で空を飛ぶための力強い翼があるという。顔はほとんど鷹で、視野は広く顔通り鷹の目並みの視力があるという。

虎と鷹のいいとこどりをしたでっかい魔物ってところだ。

「強そう」

「ええ。なかなか強いです。陸でも空でも、スペシャリストの魔物には敵いませんが、高い索敵能力と陸空での戦闘力と移動力を備えていますので、器用な魔物といったところでしょうか」

使役できたらカッコいいな……便利そうだし。

それに、おれには【トランスレイターＤＸ】という、魔物と意思疎通するための薬がある。

……在庫ゼロだからまた作らないとだけど。

「この卵だと、あとどれくらいで生まれそう？」

おれがエジルに訊くと、ノエラが顔を上げた。

「さすがに、卵の状態までは……」

「なんだよ、魔物博士じゃねえのかよ」

「ですから先生、余は魔王だと何度言えば……」

店番をそのままエジルに任せて、採取してきた薬草を創薬室に補充していく。

「あるじ」

「ああ……エジルの話を踏まえた上で、ミナにも聞いてみよう」

「あるじ！」

キラキラとノエラの目が輝いた。

「ノエラ、お世話する。間違いない！」

「わかった。わかった。その熱意、ミナにも通じるといいな？」

庭では飼えないし、外で放し飼いにするわけにもいかない。知らない人から見れば、飼いグリフォンじゃなくて野生のグリフォンにしか見えないだろう。

そこはミナが了承して、きちんと生まれたあとに考えることにするか。育つかどうかもわからないし。

ネガティブ要素満点なんだよなぁ。

唯一ポジティブな材料があるとすれば、雛から育てた結果どうなるか誰も知らないってことだ。

「ミナ、呼んできてもらっていい？」

「わかた」

卵を大事に抱えたまま、ノエラは創薬室を出ていくと、すぐにミナを伴って戻ってきた。

「レイジさん、どうかしました？」

「ミナもなんとなくわかると思うけど」

ちら、とノエラが抱えている卵に目をやると、ミナもそれで察したのか、苦笑した。

「ええっと、なんとなく、はい……」

「今回ちょっとやる気が違うっぽくて」

きちんとノエラは正座して、凛々しい顔つきをしている。

「こいつにならチームを任せられる」っていう頼もしいキャプテン顔だった。

エジルに訊いた話と、この卵がグリフォンの有精卵であることを伝えた。

「育てたとして、問題しかないんだけど」

「……」

しばらく考えて、ミナは口を開いた。

「わたしも、こんな体で……。普通なら嫌がって逃げるところです。でも、レイジさんはこうしてこの家にわたしを置いてくださっています」

悪霊ってわけじゃないからな。話せばわかるし。家事してくれるし。

ああ、でも『話せばわかる』っていうのであれば、【トランスレイターＤＸ】でそこらへんの問題は解消されるのか。

意思疎通がきちんとできてれば、役に立つ――。

それは、グリフォンも同じなのかもしれない。

「ミナは、賛成？」

「ノエラさんのやる気が半端じゃないってことは伝わっています」

ちらっとキャプテン顔のノエラを見て、ミナがくすくすと笑う。

「……わかった。じゃちょっとやってみるか」

「よかったですね、ノエラさん」

ノエラはこくこく、とうなずいて、ミナに卵を渡す。

てててて、と走って飛びついてきた。

「あるじ！」

抱き止めたついでにもふもふする。

「頑張って育ててみような」

「る！」

こうして、グリフォンの卵をまずは温めてみることにした。


おれの飼育経験はほぼないに等しい。

強いていうなら、小学校のときクラスで飼っていたミドリガメの世話を週一でしたくらいで、家で犬や猫を飼ったこともない。

ノエラはソフトボール大の卵をずーっと観察している。

「温める……で、いいのか？」

ミナに聞いてみると、わからないらしく困ったように笑った。

「と、ともかく、やってみましょう」

「そうだな。ミナは、何か飼った経験ってある？」

「わたしも、ノエラさんみたいに猫ちゃんを飼いたいって言ったことがありますけど、全部却下されてしまいまして」

やっぱり、それは誰もが通る道なんだな。

はっ、とノエラが何かに気づいて、床にタオルを敷き、その上に卵を載せる。そして、そっと自分の尻尾を掛布団のように載せた。

「あるじ、これであったまる」

「そうだな」

「いつ生まれる？」

「いつだろうな。早いといいな」

「る！」

エジルの話だと、グリフォンは群れないし生まれたときから親が世話をしてくれない。

もし、卵を産んで放置するのが習性なら、何もしなくても生まれるんじゃ……。

何が正解かわからない手探りの状態なので、あれこれ試してみる日々が続いた。

日中は、日当たりのいい場所に置き、夜になると、ノエラが尻尾に包んで温めた。

寝るときも一緒で、仕事中以外は片時も離れなかった。


「あるじ、あるじ！」

「うう……何……」

ゆさゆさと揺らされるので、目が覚めた。

おれの寝室にノエラが卵を持ってきていた。

「中、音、した！」

「おお……そっか……」

「生まれる！」

「音した程度じゃ生まれないってば……たぶん」

まだ外真っ暗じゃねえか……。

目をこすっていると、こつん、と音がした。

「る！　今、今、今！　あるじ！」

「き、聞こえた……こつんって音、殻を叩いたような音が」

「した！　生まれる！」

「だから、まだだって、たぶん」

もう一寝入りしようとすると、こん、こん、と硬質な音が聞こえる。

そのたびにノエラがおれの体を叩いたり引っ張ったりするので、全然寝付けない。

「ノエラ、明日朝から店番だろ？　今寝てないと眠くなっちゃうぞ？」

「いい。眠くても」

「いや、おれが困るんだけど」

ノエラが騒ぐたびに起こされるので、おれの目もいつしか冴えてしまった。

「る……るふぅん……」

うとうと、とノエラが舟を漕ぎはじめた朝方。

こつん。こつ。こつ――がつん。

あれ。殻からの音が、一番大きいような。

う、生まれるのか？

「おい、ノエラ、おい」

体を揺すったけど、全然反応がない。すやぁ、と熟睡中だった。

「一番いいときに寝てやがる!?」

がつん、ごつん、と音が殻から繰り返され、そして――。

ピシッ――。

ひ、ひびが入った！

「マジで？」

ひびが入ったそこから、黄色いクチバシがちょろっとのぞいた。

「う——生ま……？」

こつこつ、と殻を崩していき、ひょこっと顔を出した。

グレーのふわふわした毛に、まん丸な黒い瞳。

「きよぅ」

「う————生まれたぁぁぁぁぁぁぁあああ!?」

邪魔だった殻をクチバシで割って、ついに全身が見えた。

「きゅお」

手のひらサイズのグリフォンの雛には、まだまだ小さな翼があった。

足に蹄はなく、猫の足に鳥類の爪が生えたような感じ。

短い四本足で立とうとして、尻もちをついた。

「か、可愛い……」

「きゅおう……」

手伝っちゃダメなんだよな、これは。

雛は尻もちをついたり、こけたりを繰り返し、二〇分ほどで四本足で立ち上がった。

「現代だったら絶対スマホで動画撮ってるわ……」

まだ足がプルプルしている。

頑張ってる。めっちゃ頑張ってるぞ。

誰も守ってくれないらしいから、草食動物と一緒で、すぐに立って動けるようになるのかもしれない。

「おい、ノエラ。起きろって」

「る……？」

激しく体を揺らして、どうにかノエラを起こした。

「見ろ、生まれたぞ」

「う、生まれた！　生まれた！　…………生まれている？」

何で首かしげてんだ。

いつの間にって気分なのか。

「あるじ、いつ？　いつ!?」

「ほんのさっき。何回も起こしたのに」

まじまじとノエラがベッドから獲物を窺う猫みたいに見つめている。

そして、雛はゆっくりと歩き出した。

まだ覚束ない足取りは頼りない。

てく、てく…………てく、てく……こてん。

「る!?　こけた！　起こす！」

「待ちなさい」

すぐに手助けしようと手を伸ばすノエラを羽交い絞めにしておく。

「自分の足で頑張って歩こうとしてるんだ」

「え、グリ子、何飲む？」

ああ、グリフォンだからか。

「魔物の雛が何飲むかは知らないけど……やっぱり水かな？」

「とってくる」

「まあまあ落ち着けよ」

雛はきゅ、きゅおう、と鳴きながら、おれの寝室を歩いてはこけて、歩いてはこけてを繰り返した。

ずっと見ていても、全然飽きない。

「可愛いな」

「る。可愛い……」

ノエラがそっと近づいていき、尻尾で包んだ。

雛は驚いた様子だったけど、すぐにそのもふもふ具合と温かさに目蓋が重くなり、瞬きするのがどんどんゆっくりになっていった。

そして、すやぁ、と寝てしまった。

「ノエラの尻尾、恐るべし」

「あるじ、ご飯」

「ミナがあと少しくらいしたら作ってくれるだろう」

「違う。グリ子の」

「ああ、そっち」

……雛のうちは虫を食うって話だったな。

「バッタとかコオロギとかでいいのか？　ノエラ、イケるか」

「……」

じっとおれを見て、キャプテン顔をした。さっそく頼もしいぞ。

「ノエラ、実は虫、嫌い」

意外とシティ派！

頼りにならねえな！

「網でシャッってやるだけだから」

「るぅぅ……」

うげえって言いたそうな顔だった。

「雛のために」

「ノエラ、グリ子見てる。虫、あるじに任す！」

こいつ……！

「虫捕りしたことないのかよ」

「捕っても、ノエラ、食べない」

「それ目的じゃなくて……」

虫捕りって結構楽しいんだけどなぁ。

虫嫌いなノエラからすると、楽しくともなんともないんだろうけど。

「網にカゴ、麦わら帽子の三種の神器があって……」

「る！　起きた！」

「聞けよ！」

仕方ねえな。

部屋を出ていき、小さな庭にやってくる。

先日撒いた除草剤のお陰で、雑草はまったくなく、すっきりとした庭に戻っていた。

「それのせいで……虫もいねえ……」

一〇分ほど探してみても、姿が見えない。

困ったな。

毎日虫を捕るために店を空けるわけにいかないし……。

とぼとぼ、とノエラがやってきた。

「手伝ってくれるのか？」

「ミナ、怒った」

「何で？」

「『さっそくレイジさん任せですか』って。顔、怖かった」

あー……。そりゃ、たぶん相当怖いパターンだ。

「虫捕り一緒にやるか」

「……わかた。ノエラ、頑張る」

よしよし、いい子だ。

「つっても、おれたちは店の仕事があって、その合間にグリ子の面倒を見ないといけない。ずっと虫を捕ってるわけにもいかない」

「どする？」

「ここじゃなくても、近くに虫が来るようにすりゃ、面倒はないわけだ」

「る？」

夜明け前、朝イチで創薬やりますか。

「ノエラ、手伝いよろしく。虫が来る薬作るぞ」

「ま、任せろ……」

嫌そうだなー。

おれが創薬室に入ると、少し遅れてノエラがグリ子を連れてきた。

まだ歩行が十分じゃないグリ子を眺めながら、作業を開始した。

この手の薬に【誘引剤】があるけど、あれだと魔物や獣が寄ってきちまう。それこそ大パニックだ。

「もっと昆虫に特化した方向で……」

ノエラに手伝ってもらいながら、グリ子の様子をときどき見ながら、夜明け頃に新薬が完成した。

【昆虫ジェル：インセクトもバグもビートルもトゥギャザーなオールインワンのトラップ】

よし、これで楽してグリ子の餌を集めるぞ。


ノエラがグリ子を観察していると、声を聞いたミナが創薬室に顔を出した。

「おはようございます。この子がグリ子ちゃんですね！」

「生まれた！　グリ子！」

ノエラがグリ子を手の平にのせて、ミナに見せる。

「四足歩行の鳥……みたいな感じなんですね？」

「魔物博士の話じゃ、二か月くらいで大人と同じくらいになるらしい」

「じゃあ、あっという間ですねぇ～」

そうなんだよなぁ。

こうして雛のうちは、ちょこちょこと歩き回るだけでいいけど、大きくなりはじめたら家の中では飼えないし、外で飼えばそれはそれで問題大ありだ。

ミナもノエラもグリ子に夢中の様子だった。

それを見ていると、どうにかしてあげたくなる。

「何かいい手はないもんか……」

二か月で大人並みってことは、生後一か月くらいで、大型犬かそれくらいのサイズになるはず。

「一か月の間に何か考えておかないと」

ミナが朝食の準備で創薬室から出ていくと、おれはノエラに声をかけて【昆虫ジェル】を仕掛けるため外へ出た。

きゅー、きゅぉー、と鳴くグリ子もノエラが連れて来ていた。

片時も離れないつもりだな。

適当な場所数か所にジェルを塗っておく。

「これで、グリ子の餌はむこうからここにやって来てくれるはずだ」

夜か明日の朝にでもまた来てみよう。

「あるじ、グリ子空腹」

「え、わかるの？」

「ノエラも、空腹だから」

「一緒かどうかはわからねえだろ」

仕掛け終わったので、店に戻り、ノエラ曰く空腹らしいグリ子に水を上げることにした。

創薬室にあるスポイトを使って、上手い具合に水滴の粒を作り、口元に持っていく。

グリ子が顔を傾けると、開けたクチバシの隙間から短い舌がのぞいた。

ちろちろ、と水滴を舐めた。

「おぉ……飲んだ！」

「あるじ！　ノエラも、ノエラも！」

水滴を作るコツを教えて、ノエラに給水係を交代する。

おれと同じようにやると、ノエラの水もグリ子は飲んだ。

「次、次！」

喜んだノエラが、どんどん水をあげようとするが、二回目あたりでもう十分潤ったのか、グリ子は水滴に見向きもしなくなった。

「ぐ、グリ子、飲まない……」

しょぼん、とノエラがへこんでた。

「あるじ、ノエラ、グリ子に嫌われた……」

うるるる、と半泣きだった。

それほど切なかったんだな？

「あげすぎただけだろ。時間を置いたらまた飲んでくれるさ」

「るぅ……わかた」

こうして、ノエラの育成奮闘記がはじまった。

ミナが作ってくれた朝食を食べ、スクランブルエッグの欠片をあげようとノエラがクチバシ付近にもっていくけど、見向きもしない。

「やっぱり虫なんだな」

「ミナのスクランブルエッグ、美味の味。食べる」

つーん、とグリ子は嫌がるようにそっぽをむいた。

「あるじ、ノエラ……嫌われた……」

「だから、虫を食うって何度言えば」

それを微笑ましくミナが見守っていた。

「おはよー」

今日シフトが入っているビビがやってきた。

声が聞こえるや否や、ノエラがグリ子を両手ですくうようにして手にのせ、どたばたと走って店のほうへ行った。

「ビビ、これ、見る！」

「あーーーー！　生まれてるーーーーー！」

卵のときからノエラが後生大事にずーっと持ってたから、常連客や店員はみんな知っているのだ。

きゅぉう、きゅぉ、とグリ子が鳴いている。

「きゅーちゃん……」

「ビビ、違う。グリ子」

「えー？　可愛くないよう。きゅーちゃんのほうが可愛い」

「ビビ、ネーミング、安易」

「それはノエラちゃんのほうじゃないか」

どっちもどっちだよ。

「しばらくは賑やかになりそうですね」とミナが店から聞こえる会話を聞きながらにこにこしていた。

「幼年期が終わったあと、どうしたらいいのか、魔物博士に相談してみるかー」

「本当は役に立つのに、なんというか、もったいないですよね、エジルさんは」

「スペックは高いんだよ、スペックは」

初対面のときから変わらず残念魔王だからなぁ。

そういう意味では、ビビもエジルもブレがない。

「あれで下心の半分でも言動を隠せたら、ノエラも見直すかもなのに」

「今はもうグリ子さん一筋になりますから、きっと視界に入らないですよ」

「それもそうだな」

食後の【ブラックポーション】を飲みながら、店内でのノエラとビビの騒がしい会話に耳を傾ける。

それはいいけど、ちゃんと仕事してるんだろうな？

店に顔を出すと、案の定、グリ子を巡って何か揉めてた。

「おーい、何騒いでんだ？　開店準備終わってるんだろうな？」

「あー、レイジくーん！　ノエラちゃんが」

「何だよ、もう」

「あるじ、違う、ビビが」

保育士ってこんな気分なんだろうか。

「落ち着け、まずは開店準備終わったかどうか――」

「ノエラちゃんがきゅーちゃん触らせてくれないんだ」

「ビビ、きゅーちゃん違う。グリ子」

「グリ子は可愛くないって何度言えば――」

「どっちでもいいわ！」

渦中のグリ子は、店内を不思議そうな顔をして、とことこと歩き回っている。

和むわぁ……。

「そもそも、あんまり触るなよ。放っておいてあげよう」

「どして？」

「何で？」

はっ、とノエラもビビも何か思い当たったらしい。

「あるじ、グリ子独り占めする気！」

「ボクがニンゲンじゃないから、レイジくんは触らせたくないんだ……」

「どっちも違うわ！　もう面倒くせえな、おまえらは！」

「グリ子、お世話、ノエラする」

「ちょっと触るくらいいいじゃないか」

またぎゃーぎゃーと騒ぎはじめた。

創薬室からの商品の補充もまだ。

閉店時に閉めるシャッターが半分しか開いてない。

「レイジくんー！」

「あるじ！」

騒ぎを見かねたミナが出てきた。

にこにこしているけど、黒い笑顔だった。

「ノエラさん、お世話はいいですけど、その前にすること、ありませんか？」

「るっ!?」

びくん、と蛇に睨まれたカエルみたいに、ノエラが固まった。

「ビビさんも、何しにここに来たんですか？　遊びに来たんですか？」

「ち、違う……よ……。お、お仕事を、しに……」

ビビもノエラ同様に硬直していた。

「じゃあ、先にやることをやりましょうね」

「わ、わかた」

「そ、そうだね」

二人がキビキビと仕事をしはじめた。

おれは目でミナに謝っておいた。

主人としておれが言わないといけないことなのに。

小さく笑って、ミナは戻っていった。


つつがなく一日が終わり店を閉め、いよいよ仕掛けを見に行くことになった。

店では、ミナが晩飯を作りながら、ビビと待っている。

グリ子の食事シーンをなんとしてでも見たいらしかった。

「ノエラ、網とカゴは？」

「ある！」

麦わら帽子と虫捕り網、虫かごの三種の神器を装備したノエラは、やる気十分だった。

虫は嫌いって言ってたのに。

何かのためなら成長できるんだなぁ、とおれは娘を見守る父親のようにうんうんとうなずいた。

仕掛けた場所は、一瞬でわかった。

ウゾウゾウゾ……。と虫が群がっていた。

インセクトもバグもビートルも、トゥギャザーしていた。

「「…………」」

バスっとノエラが麦わら帽子を深く被って視界を閉ざした。

「の、ノエラ、何も見てない……」

虫が苦手じゃないおれでも、さすがにこの量はちょっと引いた。

でも、餌がどうしても必要だ。

やるっきゃねえ。

「の、ノエラ、網」

「る」

執刀医と看護師よろしく、ノールックで手を出すとそこに虫捕り網を握らせてくれた。

「せいッ」

気合いを発して、群がる虫にむけて網を振るう。

網を手繰るように手前に引いてくると、網の中にカブトムシがいた。

「ノエラ、カブトムシ、これこれ！」

「かぶとむし？」

ノエラは麦わら帽子を持ち上げてちらっと窺うように見る。

「知らねえのかよ」

これだよ、これと網の中から取り出してみせる。

「る!? ………か、カッコイイ……」

途端にノエラが目を輝かせた。

「だろ」

餌用とお持ち帰り用に、カブトムシのオス二匹とコオロギを三匹捕獲。

家に帰ると、さっそくグリ子に食べさせることになった。

人間の手から与えたほうが、野性味は減るのかもしれない。

そう思って、おれは捕まえた手にのせてグリ子の前に差し出す。

不思議そうな顔をしたグリ子が、餌だと認識したらしく、クチバシで突きはじめた。

つん。つつつつつん、つんつん。

「いてて」

クチバシがときどき手のひらに刺さる。

「み、見たらダメです!」

ミナが、ノエラとビビに目隠しをしていた。

「ミナ、見えない!」

「そうだよう、何で隠すんだよ」

ま、たしかに、お子様たちには、ショッキングな映像だったかもな……。

突いては口元を動かし、きちんとコオロギ一匹を平らげたグリ子。

クチバシの端からコオロギの足が覗いているけど、それもごくんと飲んだ。

「ミナ、どして隠す！」

「そうだよ！　見たかったのに！」

と、二人からミナは大ブーイングを受けていた。

「グリ子さん、こんなに可愛いのに、ちっちゃくてもちゃんと魔物なんだなって思って……」

「あぁ……わかる……」

容赦なかったもんな。

今度からは食べやすい大きさにして、ショッキングなことにならないように餌やりをしよう。


ノエラと一緒に捕まえた虫をそのまま餌にするのはやめて、小麦粉の団子の中にそれを入れることにした。

考案したのは、ミナで、そのアイディアにノーベル賞をあげたいくらいだった。

「虫だんご！」

皿にふたつのせたそれを、グリ子の前に置くノエラ。

それだとグロいイメージ図が浮かぶので、おれは別の呼び方をしている。

「グリー。今日のつくねだぞー」

見た目は月見団子みたいに丸くて白い。タレを塗って焼けば、みたらし団子かつくねに見えそうだった。

でも中は虫が七割くらい。

小腹が空いたノエラがそれと知らずに食おうとしたことがあったけど、全力で止めた。

少し大きくなったグリ子は、こん、こん、と皿のつくねをつつく。

卵から孵って一週間が経とうとしていた。

ノエラの監視つきで店の外をうろつかせていると、やってきたお客さんにノエラが熱くグリ子の良さを説明をするので、常連さんはみんなグリ子に慣れたようだった。

「レーくんさ、あれ大丈夫なわけ？」

やってきたポーラと世間話をしていると、改まったように訊いてきた。

「大丈夫かどうかはわからないけど、何かしらの対策を考えているところ」

アナベルさんには、まだ隠したままだ。

町の治安を乱す種になると判断されるだろうから、きっと追い出そうとするはずだ。

「最初はノエラさんがつきっきりでお世話していたんですけど、もう今はみんなでお世話してて」

おれたちのお茶を運んできたミナが苦笑した。

「たしかにね。可愛いもんねぇ、雛は」

「そうですね。まだ飛べなくても、羽をぱたぱたするときがあるんですよ？」

「えぇぇ……見たいぃぃ……」

でしょー？　とご機嫌なミナだった。

「あの子が、馬とかそれくらいの大きさになるんだよねぇ。そうなったら、ちょっと怖いかなぁ」

「猛禽類と同じ系統の目だから、どうしてもな」

「今のくりってした黒目のままだといいんですけど……」

またさらに成長したグリ子は、今やニワトリほどの体型にまで育った。

サイズは雛とは呼べないかもしれないけど、生まれたときと変わらず毛はふわふわのままだ。

「ちっちゃいままならいいんだけどねぇ」

「いえいえ、あのくりくりしたお目目ですよ、ポーラさん」

……ちっちゃいまま……黒目……。

「……」

「レイジさん、どうかしました？」

「ああ、いや……」

現代では、交配して飼いやすくなった愛玩用のペットっていうのは多い。

プードルとトイプードルみたいな。

じゃないほうは、かなりのサイズがある。

トイグリフォン？

ていっても、もう生まれてるしな……。

「ずっと疑問だったけど、グリ子って、女の子？」

「さあ？」

「レーくん、それ重要？　可愛けりゃ、どっちだっていいんだよ」

「まあ、それもそうか。可愛いは正義なわけか」

きゅお、きゅぉう、と外でグリ子が鳴いている。

ノエラの楽しそうな声も聞こえてきた。

バサバサ、と翼を動かす音がして、「あとちょっと！」とノエラが応援していた。

魔物博士の話だと、生後二か月で、空を飛べるようになるらしい。

「ううん……」

作れるには、作れる――そういう……生物が人間にとって飼いやすく都合がよくなる……そんな薬。

……けど、それはいいことなのか？

もうちょっと考えをまとめた上で、みんなの意見を聞いてみよう。

昨日【トランスレイターDX】を飲んでみたけど、グリ子からは鳴き声しか聞こえない。

意思疎通できるほどの知能が、まだ育ってないってことなんだろう。

「懐かないっていう話だったけど、ちゃんとおれたちに懐いてるよな？」

懐いていないとしても、少なくとも警戒心はなさそうだ。

「そうですね。やっぱりご飯をくれる存在だからでしょうか？」

動物園の動物みたいに、飼い慣らすと、野生を忘れたままにしておけるってことか。

魔物博士曰く、生まれてから周りに味方がいないため、自分一人で餌を確保しないといけなくなる。すると、自立心が自然と強くなり、一匹オオカミな性格になりがちだとか。

敵だらけでもないし、餌はおれやミナ、ノエラ、出勤したときはビビが用意している。

きっと、懐かない理由の前提が崩れているからこの状況なんだろう。

「ウチも戯れてこよーっと。――ノエラちゃーん、ウチも混ぜてー」

「今、飛行訓練中」

「そんなんしてんだ？」

「る！」

ポーラに限らず、店にやってきたお客さんが、ノエラと遊んでいるところを見たり、ときどき触らせてもらったりしているのは、ここ最近じゃ珍しくもない光景だった。

「人慣れしはじめた可能性も……」

「なるほど。それもありそうです」

「人を襲ったりしないいんじゃないか？」

どうなんでしょう、とミナも首をかしげる。

近隣の人たちやアナベルさんがそれを理解してくれていればいいけど。

「グリ子用の厩舎、建てる必要がありそうだな」

「あ。必須ですね、それ」

大工のガストンさんたちに依頼をしておかないとな。

「色々と準備が大変ですね」

「うん」

「でも、わたし、グリ子さんが来てからもっと楽しくなりました」

「おれもだよ」

えへへ、とミナが笑うので、おれも笑みを返した。

ガラガラ、と店の前に馬車が到着する。扉を開けて出てきたのはエレインだった。

「来ましたわぁぁあ！」

自慢の縦ロールをふぁさあ、とやって、老執事の手を借りて降りてくる。

「マキマキ」

「ノエラさん、ご機嫌よう。グリ子さん、ずいぶんと大きくなりましたのね？」

外で女子三人がきゃっきゃしていると、やがてエレインが店内にやってきた。

「いらっしゃい、エレイン。グリ子、結構育っただろ？」

「レイジ様、ミナさん、ご機嫌よう」

「ご、ご機嫌よう……」

照れくさそうにミナが同じように挨拶を返す。

恥ずかしいなら、こんにちはでいいんだぞ？

「グリフォンの成長は早いんですのね」

エレインがおれの隣の椅子に座ろうとカウンターの内側へ移動すると、ささささ、とミナが間に入った。

「な、なんですの、ミナさん」

「隣じゃなくてもいいじゃないですか」

ささ、ささささ。オフェンスとディフェンスの攻防が激しくなりはじめていた。

この二人、何してんだ？

「伯爵公認になったらいいんだけどなぁ……。実際、みんなで成長を見守っているくらいだから、愛着だって湧いてくると思うんだよな」

「レイジ様、はじめて見たときにお父様にはご報告差し上げてますのよ？」

「え、そうなの？　何か言ってた？」

「いえ、これといって何も。『レイジ殿は、また不思議なことを。はっはっは』程度でしたわ」

「そっか」

けど、成体を見ると、また少し違ってくるかもしれない。

猛獣と猛獣使いみたいなことができれば……。

「待てよ、できるな？　たぶん」

おれには【トランスレイターＤＸ】がある。

グリ子がおれやノエラの言うことを聞いてくれる安全な魔物で、持ち前の飛行能力や戦闘力は、町を守ることにだって一役買う——そんなアピールができたら完璧だ。

「イケるな、これ？」

「レイジ様、何か思いつきましたの？」

ディフェンスのミナを押しのけて、エレインが顔を出した。

「ああ。いいアイディアだと思——」

「あるじ、大変！」

ノエラが店に駆け込んできた。

「どうかしたか？」

「グリ子、虫だんご食べない」

「つくねな、つくね。——食べない？　まじか」

「まじ。大まじ」

エジルが虫を食うのは小さいときだけって言ってたっけ。

成長の証だと思えば嬉しくもある。

けど、馬並みの体格になるのなら、何を食べるにせよ、餌代は相当な額になるだろう。

「あ——【激ラブフレーバー　まぐろ味】と、【誘引剤】を掛け合わせたら——」

善は急げだ。

何が好物か知らないけど、好き嫌い言わせない体にしてやる……！

「あるじ、悪い顔」

「ええ、レイジ様、悪役みたいな顔ですわ」

「レイジさん、悪だくみですか？」

三人の質問には答えず、おれは創薬室に入った。

【誘引剤】は、異性のフェロモンや魔物にとって好ましいにおいを発するだけで、食欲を増進させるものじゃない。

【激ラブフレーバー】は完全に猫用。

この二種類の薬をいい塩梅に配合していき、新薬を完成させた。

「ふふふ。これで、好き嫌いは言わせねえ」

【魔物ごはんの友達：魔物にとって魅力満点の風味を醸し出す。かけると否応なく食が進む】

ノエラが食べないと言った虫だんごことつくねに、作った新薬をかける。

それを店まで持っていくと、る？　とノエラがまず反応した。

くんす、くんす、とにおいの元を探すように、鼻をひくひくさせた。

「【誘引剤】と【激ラブフレーバー】のいいとこどりをした、魔物が好きそうな香りを放つ薬をかけたもので――」

ノエラがぴょん、とジャンプしてつくねを奪おうとする。

「うおわぁ!?　こら！」

腰をひねってノエラの手をかわす。

「おまえんじゃねえんだよ」

「いいにおいする……」

じい、とおれの手元を見つめるノエラ。

【忌避剤】をノエラが苦手とするように、【誘引剤】も似たような効果があるのか。

「中に虫入ってるから」

「……そんなはずない。あるじ、ノエラ騙す。よくない」

苦手な上に虫のにおいにも敏感なノエラにここまで言わせるとは。

さっきまでグリ子に出そうとしてた物なのに、それをさっぱり忘れている。

「においってすげーな……」

おれも、カレーのにおいとかすれば、めっちゃくちゃ食いたくなるもんなぁ。

それと似たような感覚なんだろうか。

なるほどなぁ、とが考えていると、隙を突いたノエラが、しゅばっとつくねを奪った。

「あ、こら！」

おれの制止も聞かず、手にしたつくねを口に入れようとする。

「……る？」

つくねから、コオロギらしき物体の足がほんの少し出ていた。

それに気づいたノエラが、ゾゾゾゾゾ、と毛を逆立てた。

おれから見た角度だと、赤茶けた触覚らしきものが飛び出しているのも見える。

「虫が中に入ってるんだって」

「るーーー!?　あるじ、騙した！」

「騙してねえよ。割って中見てみ」

そーっと、おそるおそる、ノエラがつくねをふたつに割る。

やっぱり中にはコオロギが入っていた。

「…………………」

ノエラが無表情のまま固まっている。

「美味の味？　虫の味……？　美味は、虫……？」

いいにおいがするのに虫が入っているせいで、ノエラがパニクりはじめた。

見ていたミナとポーラがくすくす笑っていた。

「じゃあ、これはわたしがグリ子さんにあげてきますね？」

皿をミナに渡すと、外に出ていった。

フリーズしたまま、うわ言のように繰り返すノエラに、ポーラがささやく。

「そーだよぉ～？　ノエラちゃんが、美味の味って言って食べてたものは、全部、ぜぇ～んぶ、虫さんの味だったんだよぉ～」

「やめろ」

べし、とポーラの頭にチョップする。

ポーラの嘘を真に受けたらしいノエラは、よっぽどショックだったのか、いよいよ何も言わなくなった。

「じゃあねー」と無責任なポーラは、用事を思い出したとか何とか言って帰っていった。

「ノエラ、おまえは悪い夢を見ている」

おれはフリーズしたノエラを抱きかかえて、リビングに行きソファに寝かせる。

外からエレインとミナの歓声が聞こえてきた。

「す、すごい勢いですー!」

「さっきは、見向きもしませんでしたのに!」

お? 抜群の効果だったらしい。

まあ、虫嫌いで虫だんごって言っているノエラが、においに釣られて奪うくらいだからな。

「ノエラ、これがおまえの美味の味だ。思い出せ」

取ってきたポーションの瓶をくわえさせると、ぐびぐびと飲んだノエラは、「るぅ……」と安らかな顔で眠りについた。

毛布をかけて、おれも外に出る。

そこでは、つつつつつつつつん! とグリ子がクチバシでつくねを目いっぱい突いているところだった。

「レイジさん、グリ子さん、いっぱい食べてます!」

「グリ子にも効果てきめんでよかったよ」

うちの人狼にだけ効果があっても意味ないし。

「レイジ様、わたくし、これを見ていい考えを思いつきましたの」

「いい考え？」

「はい。さっき作られたという新薬と嫌がる薬を使い分けしますの」

「うん？」

「虫さんは、いいにおいがする。逆に、特定の食べてはいけない物には、嫌がるにおいをさせておけば、そう学習すると思うんですの」

最終的に雑食になるといわれるグリフォンに、幼いうちから、これは食べたら美味しいもの、これは食べたくないもの――それをにおいで覚えさせるってことか。

「ナイス、縦ロール！」

「やりましたわぁ！　レイジ様に褒められましたぁ！」

頭を撫でると、エレインは嬉しそうに目を細めた。

「おほん。レイジさん？　つくねシステムを考案したのは、わたしですよ？」

「え？　ああ、うん。そうだな」

「いい考え……ですよね？」

ニコニコと笑っているミナだけど、なんか圧力のある笑顔だった。

「そう……ですね」

思わず敬語になった。

てくてく、とこっちに近づいたミナが、金色の頭をこっちにむけた。

あー……。ええっと、こういうことか？

エレインにしたように、頭を撫でる。

無言のままミナは満足そうに頬をゆるめた。

正解らしくてよかった。

エレインの案は、グリフォンが人間と共生していく上で、かなり必須なことのような気がする。

人間の……おれやノエラの言うことを聞いてくれて大人しい。その上、家畜や人間を食べない――そんな魔物に成長してくれるなら、成長を抑制するような薬は作らなくてもよくなる。

きっとそれは、おれたち次第なのだ。

つくねを持っているミナに、きゅぉ、きゅぉー、とグリ子が鳴いている。たぶん、おかわりを要求しているっぽい。

「はい、どうぞ」

皿ごと置いた瞬間、待ちに待っていたらしいグリ子は、つくねを食べはじめた。

「きゅお、きゅ……」

一生懸命食べるその姿に癒されるなぁ。

その翌日、エジルがシフトに入っていたので、食べさせないでも大丈夫な物を聞いてみた。

「魔物博士ー？　グリフォンが食べなくてもいいものってある？」

「先生、余は魔王で……。食べなくてもいいものとは、何でしょう？」

おれは、人間と共生させる上で大事なことをエジルに説明した。

「なるほど……食べてはいけないものを学習させる、ですか。なかなかいいアイディアだと思います。それでもきちんと成長するのか、ということですか」

「そういうこと。いやぁ、でも博士でもわからないことはわからないよなぁ？」

ちらちら、とエジルを見ると、待ってましたと言わんばかりのドヤ顔をされた。

「先生……余は、魔王。不可能を、可能にする存在です」

なんかカッコいいこと言ってる。

「魔王軍にドラコの調教師がいまして、その者が魔物の育成に精通しているので、話を訊いてきました」

受け売りの知識でドヤ顔してたのかよ。まあ、助かるんだけど。

「雑食というのは、余も知っていましたが、どうやら肉ではなく魚でも問題ないそうです。とはいえ、魚を毎回用意するのは至難でしょう。港が近いわけでもないですし」

そうなんだよな。冷凍技術があるわけでもないし、町で売られている魚はほとんどが干物で、港町からの運送費もかかるので肉より値段が高い場合がある。

うんうん、とおれがうなずくと、エジルは続けた。

「幼少期は虫を食べる……その話は、どうやら正確ではないようです。雑食という性質は生まれてからずっとのようで、虫を食べるのは、飛べない上に素早い移動がまだできないから、仕方なくそれを餌としているだけみたいです」

「じゃあ……大人になっても虫は食べるってこと？」

「はい。大人になれば、もっといい餌を自力で確保できるため、虫を食べる必要がない……そういうことのようです」

空も飛べて陸も走れるんなら、わざわざ虫を餌にする必要がないってことか。

実際、つくねは食べた。ノエラの話だと最初は嫌がったらしいけど。

グリ子的には、成長してもっといい餌を食べられるようになったのに、まだ虫を食べなくちゃいけないの？

っていう、一種の我がままだったのかもしれない。

大人になってもあの量じゃ、全然足りないだろう。

「虫だけ食べさせていてもいいようですが、栄養不足になりがちで、野生のそれよりは、体格は貧弱になる可能性があるそうです」

「こっちの都合で、本来大きくなるものを小さいままに留めるのは避けたいんだ」

「となると、やはり肉が……」

食べてもいい肉っていや……魔物か。

「魔物肉、食わせてみるか」

それと同時に、牛、馬や豚、鶏に山羊、それらの家畜の肉に【忌避剤】を使って並べておけば、食べていい肉とそうじゃない肉を覚えてくれるんじゃないだろうか。

じっとおれはエジルに目をやる。

「先生、なぜ余を見つめるのです？」

「魔物肉、魔王軍っていっぱいありそうだから」

「当然。あります」

やっぱりか。

エジルは調達。ミナは餌の処理、調理。ノエラは運動能力の強化係。

全般の監督責任者はおれ。

それを話し合い今後の方針を固めた。

魔物肉とその他の食べてはいけない肉を覚えさせる日々が続き、グリ子は、すくすくと成長していった。


どたばた、どたばた。

きゅ、きゅおー！

鳴きながらグリ子がノエフを追いかけている。

「ノエラ、グリ子には、負けない」

追いつかれそうになったら、ノエラが本気のダッシュを見せて引き離す。それを平原で何度も繰り返していた。

「楽しそうですね、ノエラさんもグリ子さんも」

定休日の今日。

おれたち三人とグリ子は、そばの平原までピクニックに来ていた。

シートを敷いたそこで、おれとミナはノエラとグリ子の鬼ごっこを眺めている。

「兄弟みだいだな」

ですね〜、とお茶を淹れながらミナが相槌を打った。

ほんの二週間ほど前までは、鶏サイズだったのに、今や子熊かそれ以上のサイズにまでグリ子は成長していた。

狼化したノエラよりも大きいかもしれない。

グレーだった産毛が大人のそれに生え代わりはじめ、茶色や白が混ざる羽根が増えてきていた。

「きゅおー！」

グリ子が走りながら、ばさばさばさと翼を動かす。

すると、ふわっと浮いて、地面をまた蹴って走る。

もうちょっとで飛べるかもしれない。

「エジルさんが調達してきた魔物肉って何のお肉なんでしょう……？」

「たしか、殺処分せざるを得なくなった使役している魔物だって聞いたぞ」

「それならよかったです」

足りなくなったら、殺してでも連れてきそうだもんな、あいつ。

とくに、グリ子の件は、ノエラが絡んでるから。

何かあったら、手段は選ばなさそうだ。

ノエラがグリ子の背に乗って、「もっと速く！　高く！」と首筋をべしべし叩いている。

「きゅきゅー」

ばさ、ばさ。

やっぱり多少浮く程度で、飛ぶまでには至らない。

それでもノエラは楽しいらしく、

「あるじー！　今飛んだ！」

と、遠くから手を振っている。

「大して飛んでないぞー！」

おれも大声で手を振り返した。

今も虫入りのつくねは食べさせているけど、魔物肉を食べさせるようになってからは、成長速度が上がったような気がする。

弱い魔物を自分で狩って食べる年頃に入ったからだろう。

「魔物肉って、滋養強壮にいいのかな」

「どうでしょう？　グリ子さんの成長を見ていると、そんなふうに思えますね」

グリフォン自体、成長速度が速い。そのせいもあるんだろう。

「グリ子、あっち！　あっち早く！」

「きゅぉぉ」

グリ子はばさばさ、どたばた、とノエラが指差した方角へと走っていく。

日ごとにグリ子は賢くなっていっている。

……そろそろ【トランスレイターＤＸ】を使ってもいいだろう。

あらかじめ持ってきていたそれを、ひと口飲む。

「レイジさん、わたしもいいですか？」

「これしかないけど、それでいいなら」

「……は、はい。それで大丈夫です」

ミナはじいっと渡した瓶の口を見つめて、恥ずかしそうにおれを見たあと、少し飲んだ。

「間接キスだな」

「い、言わないでください～」

顔を赤くしたミナをからかっていると、声が聞こえてきた。

「今度あっち！　早く！」

きゅぉぉ……と鳴くグリ子。副音声みたいにその声が聞こえた。

『教官、もう走れない。あっちに何があるの？』

「あっち！　あっち！」

またがるノエラは、興奮気味に踵でグリ子の腹を叩いている。

『休みたいよぅ……』

「るぅ？　スピード落ちた？　飛ぶ、諦める、ダメ！」

『諦めるとかじゃなくてぇ……』

きゅぉぉ……と切なげにグリ子が鳴いた。

「……なんか、大変そうだな」

「ええ……わたし、グリ子さんの立場なら逃げ出しているかもです……」

教官って呼ばれてるのかよ。

きゅ、きゅぅぅー！　と大声で鳴いた。

『もうやだよぅー。ご主人様ー』

今、目が合った気がした。

ご主人様ってのは、おれか？

「レイジさんをちゃんと主人扱いしてるんですね」

「おれが司令官なら、ノエフは無邪気な鬼軍曹ってところか」

「なんだかわたし、グリ子さんに同情します……」

ミナ、おれもだ。

けど、何でおれなんだろう？

餌をあげることが多いのはミナだし、ノエラは運動能力強化係で、教官とも呼んでいる。

本人に訊いてみるか。

「おーい、ノエラー？　昼休憩しよー？」

「わかた！」


こっちに戻ってきたノエラがグリ子から下りて、シートに座る。

そのそばで、グリ子も両足をたたんで休憩の体勢になった。

用意していた水を、グリ子に飲ませてあげる。

「グリ、これ」

クチバシを開けたそこに、ゆっくりと流し込んでいく。

舌を小さく動かしながら、グリ子は水を飲んだ。

『お水、おいしいです……』

「なあ、何でおれが主人なんだ？」

『あれ？　ご主人様がこっちを見ている？　グリに話しかけている？』

「あるじ、どした？」

「【トランスレイターＤＸ】使ったら、グリ子の声がきちんと聞こえるんだ」

「る!?　ノエラも、ノエラも飲む！」

がさがさ、と荷物をノエラが漁りはじめた。

「グリ、おまえの声はきちんと聞こえてるぞ」

『おお、すごい！　ご主人様と話ができる！』

「で、何でおれが主人なんだ？」

『グリもよく覚えていないのです。気がついたら、そういうものだと自然と覚えてしまい……』

ミナやノエラ、他の店員たちの態度を見て、グリ子もそういうものだと認識したってことか。

店主であり家の主だもんな。

孵ったとき、俺を最初に認識した刷り込みもあるのかもしれない。グリフォンにそんな習性があるかはわからないけど。

「グリ子さん用のお肉ですよー」

『ありがとうございます』

ミナが用意した魔物肉をグリ子がついばみはじめた。

いつの間にか【トランスレイターＤＸ】を空にしたノエラが、不思議そうにおれとグリ子のやりとりを聞いていた。

「グリ子、空、いつ飛べる？」

『わかりません……グリも経験がないので……』

まあ、そりゃそうだよな。

よしよし、とグリ子の頭を撫でると、きゅぅ、と小さく鳴いた。

うんうん。愛いヤツめ。

「ノエラさんの分はこれですよ」

ミナがバスケットの中から弁当を取り出す。ノエラがそれを開けると、サンドイッチが詰まっていた。

『お肉美味しいです』

野生に生息しているグリフォンなら、人や牛や馬や山羊なんかより、魔物を食べるほうが多いから、やっぱりそっちのほうが美味く感じるんだろうか。

最近は、【魔物ごはんの友達】と【忌避剤】を使わずとも、魔物肉を選んで食べるようになった。

知能が高くなったこともあってか、家畜などの食べてはいけない、襲ってはいけない動物というのも、きちんと理解しているようだった。

「つくねと肉ならどっちが好き？」

『難しいです……。つくねは、もちっとした食感の中に、餌が隠してあるので食べる楽しさがあります。お肉は、お肉なので美味しいです』

エジルの話通り、成体のグリフォンは虫を食べなくなるんじゃなくて、食べる機会が減るってだけらしい。

懐かないって話も、野生の成体相手だとそうなるってことみたいだ。

でも、それだと走る必要も空を飛ぶ必要もない。餌は一日三食出すし、天敵はいない。

動物園育ちの動物が、野生を知らないように、人間に育てられたグリ子も能力《やせい》が退化するんじゃないだろうか。

「ノエラ、グリ子を飛ばす。絶対」

鬼教官の存在を忘れていた。

ノエラは狼化がきちんとできる。そういう種族だからだ。

それがたぶん獣人との一番の違いで、アイデンティティをそこに感じているから、人狼と獣人の混同を嫌っている節がある。

自分が半分獣だからか、意外とノエラは甘やかさないんだなぁ。

「翼ある。空。飛ぶ。当然！」

本来できるはずのことが、まだできないから、グリ子にも厳しいようだ。

『も……もちろんです。ぐ、グリ、お空、飛びたい……です……』

慌てたように、グリ子がばさばさと翼を動かした。

でも、目が死んでる。ハイライトが消えている。

よくぞ言った、とノエラがふすーと鼻息を荒くした。

「グリ子さん、頑張ってください……」

同情したようにミナが翼を撫でると、きゅぅ、と悲しそうにグリ子が鳴いた。

ピクニックからの帰り道。

「きゅぉー！　きゅぉー！」

とグリ子が鳴きはじめた。

「どうかしたか？」

『ご主人様、餌場に魔物がいます』

「へっ？　マジで？」

餌場っていうのは、虫捕り場のことでいいだろう。

何日かに一回、【昆虫ジェル】を置いて虫を集めていた。

そのせいか？

「もしかすると……それを餌にしようと思った動物が寄ってきて、その動物を餌にしている魔物が来たんじゃないですか……？」

「ありえる。数はどれくらい？」

「あるじ。ボアタイタン、一体」

「何それ」

「おっきいイノシシの魔物」

「まじかよ」

恐る恐る近づいていくと、ノエラが言っていた魔物はすぐにわかった。

鼻を地面につけて、群がる虫をパクパク食べている。

「ギュヒィイイイイイ！」

鳴き声を上げると、そばにいた虫を餌にしようとしている小動物たちが一斉に逃げ出した。

半月状の吊り上がった目は赤く、すえた体臭が風に乗ってこちらにまで漂ってきた。

あのサイズだと、熊よりも大きいぞ……？

「こんなときにエジルがいれば、一瞬で片がつきそうなのにな」

「レイジさん、どうしましょう。アナベルさんに連絡をしたほうが――」

「……そうだな。ミナは連絡を頼む。おれはここで、【誘引剤】と【忌避剤】を使って森のほうへ誘導できないか試してみる」

「危険じゃあ……」

「大丈夫、大丈夫。一定の距離は絶対に保つから」

薬を撒きながら森へ誘導。何かあったらグリ子で現場を一時離脱。

「ノエラはミナを乗せて町へ」

「わかた」

ノエラがすぐに狼化してミナをのせると、町のほうへと駆けていった。

「さて、こっちはこっちで頑張ろうか」

『ご主人様、グリ、お腹空きました』

「……え？」

『食べていいですか？』

「いいけど……。虫のほう⁉」

『両方です』

グリ子が獲物を見つめる鋭い目つきをしている――かと思ったら、目の前にステーキを出された子供みたいなクリクリの目をしていた。

「……いいけど、勝てる？　結構デカいぞ？」

『グリはこれでも獰猛なグリフォンです』

獰猛かどうかは置いといて、食欲旺盛ってことだけはわかるぞ。

「仕方ねえな。おまえにこれを授けよう」

傭兵団の演武大会のときに作った【ストレンスアップ】を鞄から出した。

何かあったときのために、持ってきておいてよかった。

『ご主人様、これは？』

「腕力や脚力などの筋力を一時的に増強させるヤベー薬だ」

『や、ヤベー薬……』

「攻撃力が上がると思ってくれ」

『こ、攻撃力が、上がる……っ⁉』

グリ子が目を輝かせながら、翼をばさばさと動かした。

まだまだ子供だな。こいつ。

あーん、とクチバシを開いたグリ子の口に、【ストンレスアップ】を流し込んでいく。

『きゅ……？　きゅぅぅ⁉　ご主人様、筋肉は正義なのだと、グリは理解しました！』

「覚えておけ、グリ子。――力こそが、パゥワーだ」

『力こそが、パゥワー……！　なんだか強そうです！』

「よし、行ってこい」

『はーい』

返事がのん気だな。

あのご飯食べていいよって言われているのと同じ感覚なんだろう。

グリ子はばさばさと翼を動かしながら、ノエラとの鬼ごっこで鍛えられた脚力で、力強く走る。

ばさばさばさ。ふわ。どたばた。

ばさばさばさ。ふわっ。どたばた。

ばさばさばさ。ふわ――――。どたばた。

走っては浮いてを繰り返すうちに……浮いている時間が長くなりはじめた。

おい。まさか……。

ばさばさばさ。ふわ――――。……ばっさばっさばっさ――。

と、飛んだぁぁぁぁぁぁぁぁあ⁉

『ご、ご主人様ぁぁぁぁぁぁあ！　グリ飛んでますー！』

「すげぇぇぇぇぇぇぇぇぇぇ！」

背中乗せてもらえばよかった!!

【ストレンスアップ】で筋力を一時的に増強したからだろう。

脚力で十分なスピードを出して得た速力を、腕力？　翼力？　が増した翼で揚力に変えた。

『グリ、お空飛んでますー！』

相変わらずのん気だな！

わーい、とグリ子は空中を蹴るように足を動かしながら、嬉しそうに空を飛んでいる。

『ぐ、グリフォン――!?　い、一体どこから!?』

あ、ボアタイタンがグリ子に気づいた。

【トランスレイターＤＸ】使用中だから、ボアタイタンの声もわかるな。

自分で作っておいてあれだけど、めっちゃ便利だな、これ。

『おまえはグリが食べてやります！』

頭上を旋回しながら、グリ子が脅すとボアタイタンがじりじりと餌場を離れはじめた。

体格でいうなら、ボアタイタンのほうが一回りは大きい。

でも、敵に見下ろされているっていうのは、野生の魔物からすると危険を感じるようだ。

『きゅぉぉぉぉぉぉ！』

大きく叫んでグリ子が急降下をはじめた。

ぎゅひぃぃぃぃ――!?

くるっと背中を向けたボアタイタンが、森のほうへ一直線へと駆けだした。

『あははは！　待て待てー！　グリのお肉ぅ』

『やめてぇぇぇぇっ』

陸と空。移動速度は段違いだった。

ボアタイタンの体にグリがじゃれつくように突進すると、その衝撃で足をもつれさせてボアタイタンが派手に転んだ。

『ご主人様ー？　食べていいですかー？』

「待てぇぇぇぇぇ！　逃げ帰ろうとしてたんだから、もう十分だ。放っておきなさい」

『はーい』

ぶるぶる、と頭を振ってボアタイタンが体を起こした。

『……ありがとう。ニンゲン……』

どすどす、と巨体を揺らして、ボアタイタンは森へと姿を消した。

『お肉……』

「うちにまだいっぱいあるだろ？　今日は追い払ったご褒美に肉三倍」

『三倍……！』

餌場に【忌避剤】を撒いておき、【昆虫ジェル】も撤去しておいた。

これでもう魔物がここまで出てくるなんてこともないだろう。

馬蹄の音が聞こえると、颯爽とアナベルさんが到着した。そのすぐあとに狼化したノエラとミナがやってきた。

そのはるか後ろには、傭兵団と思しき一〇人ほどがこちらへ走ってきていた。

「アナベルさん、これはその……」

「事情は聞いた。……で、こっちに来る途中で、何がどうなって今こうなのか、一部始終も見てたよ」

機会がなくて、まだちゃんとグリ子のことを言ってはなかったっけ……。

「町のみんなが噂するから、直接は知らなくとも、だいたいのことはアタシも知ってんだ。これが、あんたんとこのペットか」

きゅぉ、とグリ子が小さく鳴いた。

「誰かを襲うことも、大切にしてる家畜を襲うこともありません。そういうふうに育ててきたんで」

「ボアタイタンを追い払うなんてねぇ。大仕事だと思ったのに、とんだ拍子抜けだよ」

そう言ってアナベルさんは苦笑した。

「赤いの。あるじの薬、グリ子の声、聞こえる。話せる」

ノエラも援護してくれた。

「そうなんです。意思疎通ができるので安全ですし、さっきみたいに手強い魔物も追い払ってくれます」

『皆さん、グリのために……』

うるるる、とグリ子が目を潤ませていた。

はぁ、とアナベルさんが息をついた。

「別に、禁止だなんて言ってねえだろ？　町の中だとそりゃ困るけどよ。離れてる分には、問題ねえよ。懐いているみたいだし……それに、町のみんなも、成長を楽しみにしてんだ」

常連さんの他にも、普段来ないお客さんがグリ子目当てでたくさん来た。

おれたちのグリ子でもあるけど、いつの間にか町のグリフォンにもなっていたらしい。

「だからって、今後は魔物が現れても自分たちで対処しようなんて思うんじゃねえぞ？　そういうのが一番危ねぇんだからな？」

やれやれ、とアナベルさんはまだ走っている途中の団員たちのもとにむかい、町のほうへ帰っていった。

「よかったですね、グリ子さん、空飛べて」

グリ子はきゅぉ、きゅぉお、と喜びの声を上げた。

「ノエラ、鍛えた通り」

うむうむ、と鬼教官も満足そうだった。

まあ、ドーピングのお陰だけどな。

それを言うと、また鬼教官による特訓がはじまりそうだったので、今日のところは黙っておこう。

「薬師殿、出来たぞぅ」

大工のガストンさんにグリ子の小屋を作ってもらい、一週間少々でそれはできあがった。

「きゅ、きゅぉぉ！」

嬉しそうに翼をばさばさささせて、その場でグリ子がくるくると回っている。

生後そろそろ二か月になろうかというグリ子の体は、ほとんど成体のグリフォンとそん色がない（らしい）サイズに成長していた。

羽根ももう大人のそれに生え変わっており、グレーだった毛は今や小麦色の綺麗な羽根になっている。

「ガストンさん、ありがとうございます」

「いやいやぁ、いつも薬師殿の薬には助けられておるからのぅ～」

むにゃむにゃとした口調で言うと、腰をとんとん、と叩いた。

「これ、いつもの……」

「悪いのぅ、薬師殿」

「いえいえ」

おれは店から持ってきていた薬――エナジーポーションを四本渡した。

部下である大工さんたち数人にもエナジーポーションをプレゼントする。

建築費をかなり安くまけてもらったお礼だ。

家のすぐ裏に小屋は建てられており、その小屋を眺めていると、

「グリ子の家、できてる！」

ノエラが小屋の完成に気づき、真っ先にやってきた。

「ジジが、トンテンカンってやってた！」

「あれでプロだからな。もっと時間がかかると思ったけど、案外早かった」

「る」

今では、見上げる位置に顔があるグリ子の胸の毛を撫でた。

「今日からここで暮らすからな？」

「きゅー」

中は見た目に反してかなり広く、グリ子の他にも馬が二頭は入るだろうとガストンさんは言っていた。

厩舎とほとんど同じつくりで、柵の上から首を出せば、餌をもらえるようになっている。

「グリ子、こっち」

ノエラが先導し、グリ子を中に連れていく。

「おぉぉ……」

やっぱり、馬に近い体格だから、中に入ると収まりがいい。

「きゅぉぉ！」

グリ子がばっさばっさ、と翼を二度動かすと、敷いてある藁がふわっと舞った。

「翼のことも計算に入れてこの広さなのか」

さすが、レジェンド大工。

「窮屈じゃなさそうでよかった」

「レイジくーん」

店番をしているビビがやってきた。

「きゅーちゃんの家できたんだね。ボクもほしいなぁ……通ってばっかりじゃ、遠いもん」

「湖の妖精だろ。ちゃんと森の湖に帰れよ」

「妖精じゃなくて精霊だよ！」

んもー！　とビビが膨れた。

「違いがわかんねえんだよ」

今日はエジルもシフトに入っており、キリオドラッグメンバーは勢ぞろいだった。

というのも、今日は月に一度の在庫整理&在庫処分の日。

古くなりはじめた薬を割り引いて販売するため、それを告知したお客さんたちで小さな店の中は賑わっている。

「店はどんな感じ？」

「今は、ミナちゃんとエジルくんがいるから」

おれを除いた店員で一番安心できるコンビだ。

「きゅーちゃん、お家できてよかったねー！」

「……」

ぷい、とグリ子はそっぽをむいた。

「あ……また……」

グリ子の脳内ヒエラルキーでは、ビビを自分よりも下にランク付けしたらしく、おれやノエラ、ミナとは態度がまるで違う。

「きょ、今日は虫さん捕ってきたんだ。食べる？」

ビビが手の平に載せてそっとグリ子の口元まで持っていく。

「あ。そのやり方だと――」

グリ子は固く尖ったクチバシで、餌の虫ごとビビの手の平を突いた。

づんッ！

「痛いぃぃぃぃ!?」

おれやノエラが手の平であげるときは、クチバシで拾ってくれるんだけど慣れない相手だとだいたいこうなる。

先月の鶏サイズのときは、まだマシだったけど、あのクチバシに突かれるとかなり痛いはずだ。

半泣きになったビビがおれを振り返った。

「……ポーション、レイジくん……」

「割引中のやつなら買っていいぞ」

「しゃ、社員割引とかは……」

「そんなもんねえよ。社員とかじゃなくてバイトだろ」

「そんなぁ……。ボク、無遅刻無欠勤なのにぃ」

「それ関係ねえから」

「きっとボクが精霊だからだ……。もしニンゲンだったら社員割引を使ってあげて、ウチの店はみんな仲が良くてファミリーみたいです、みたいな雰囲気出すんでしょ……？」

いや、たしかにそういう個人経営の店あるけど。

こいつの愛読書、バイトの情報誌か何かか？

やけに具体的だな。

ネガティブ精霊に、仕方なくおれはポーションを一本あげることにした。

「社割とかないからな。あと、バイトはバイトのままで、社員にはならないから」

「そんなぁ……」

この話、前もしたぞ。

ほらほら、と背を押して、おれはビビを店に戻した。

すると、今度はエジルがやってきた。

ポーションの瓶をふたつ持っている。

割引の値札が貼ってあるものだ。

「どうかしたか？」

「先生……余は、ついに手にしました……！」

「何を」

ずいっと割引ポーションを突き出した。

「お給料を貯めて、ついに……！　余《ノエラさん》は世界を手中に収める――！」

「給料貯めてって……。おまえが給料日に町であれこれ買い食いして散財するせいだろ？」

給料日のその日にポーションを買えば、ひと月で手に入れられただろうに。

何でそれに気づかないんだろう。

「そ、それはその……そうですが」

「る？　ポーション……？」

あ、ノエラが気づいた。

「ノエラさんんんんんんんんんんん！」

エジルのテンションが一気に上がった。

対して、ノエラはひいている。

「余が、お給料で買ったポーションッ！　どうか、受け取ってください……！」

片膝をついて、そっと二本の瓶を差し出すエジル。

ちらっとそのポーションを見て、ノエラは渋い顔をした。

「割引ポーション。古い。美味の味……落ちる」

「な、に……!?」

愕然とエジルがポーションを見つめる。

おれからすると、それほど大差はないように思う。味が落ちたり効力が落ちたりするわけでもない。

だがポーション愛好家のノエラには、毎日おれが作り立てのポーションをあげているからか、その新古の差がはっきりとわかるようだ。

「かくなる上は……実力行使で――」

エジルが近づこうとすると、ノエラがその倍の距離を取る。

「きゅぉぉぉぉ！　きゅぉぉぉぉ！」

エジルにグリ子が吠えた。

序列では、エジルもグリ子の下にいるらしい。

猛禽類らしい獰猛な目でエジルを睨んだ。

「む。何だグリフォン。この余に歯向かう気か！」

さすがは魔王。一喝すると、グリ子が首をすくめた。

「きゅ……きゅぉ……」

「グリ子、イジめる、ダメ！」

その前に立ちふさがるノエラ。

「なぜ余は、嫌われるのか……」

エジルはがっくし肩を落とし、割引ポーションをその場で呷って、「ぶはーぁ……」と息をついた。

ポーションなのに、酒みたいに見えるのは気のせいか？

「出直してきます。ノエラさん」

「もう来るな」

相変わらずストレートなノエラだった。

「グリ子、今日、テスト」

「きゅ、きゅぉ……！」

「テスト？」

「そう。飛ぶテスト」

【ストレンスアップ】の効果が切れたグリ子は、さっぱり飛べなくなってしまい、また特訓の日々が続いていた。

「テストって言うくらいなんだから、飛べるには飛べるのか？」

「そう。でも、ときどき、バランス崩す。地面にドーン。落ちる」

……まだまだ下手っぴってことか。

【ストレンスアップ】なしだとそんな状態らしい。

でもノエラが言うには、それを使ったおかげで、グリ子の中で飛ぶっていうイメージが湧いたらしく、ボアタイタンを追い払う前と後では飛行の上達具合が違うのだとか。

おれは小屋からグリ子を連れ出したノエラについていき、様子を見守ることにした。

店はすぐそばにあるし、何かあればミナが呼びに来てくれるだろう。

「グリ子、ゴー」

「きゅ！」

どどっ、どどっ、と足音を鳴らし、巨体を加速させていくグリ子。

翼を広げて、いよいよ離陸体勢に入った。

足音が聞こえなくなっても、足を懸命に動かしながら、空中を走った。

ばさり、ばさり、と翼をはためかせて、どんどん高度を上げていく。

「きゅぉぉぉぉ」

前に一度見たけど、あれは非常時で仕方なくドーピング……ズルした結果だった。

二か月ほど前は、生まれたばかりで、よちよち歩きしてときどきこけてたのに。

……こんなに成長したんだ。

青空を駆ける姿に、ちょっとだけ感動した。

「るぅぅ……」

同じ気持ちだったらしいノエラが、隣で目をうるうるさせていた。

「よかったな」

頭を撫でると、グリ子がおれたちに『グリ、上手に飛んでますー！』とでも言いたげに、何度か短く鳴いた。

「一発で、ちゃんと飛んだ。はじめて」

ちょっと前は、離陸に失敗したり、飛べても高度が上がらず着地してしまったり、そんな状況が続いていたらしい。

空を飛ぶグリフォンは、見ていて全然飽きなかった。

「言った通り、ちゃんとお世話したんだな？」

「る」

グリ子が疲れて着陸するまで、おれたちはずっと気持ちよさそうに飛ぶグリフォンをずっと眺めていた。

《了》

あとがき

どうも、こんにちは。ケンノジです。

みなさまのおかげで、ついに4巻目を刊行することができました。ありがとうございます。なろう書籍化作品でも、1巻や2巻で終わる作品が増えていく中、4巻目というのは、非常にありがたい限りです。

しかも本作に至っては、別レーベルで出したあとに、ブレイブ文庫様に拾っていただき、文庫版として再出版。からのコミカライズ。からのアニメ化決定。なかなか稀有な作品です。

あ、今しれっと言いましたが、アニメ化が決定しました。帯にも書いてある通りです。

アニメ化が、決定、しました。この作品のです。

買い支えてくださった読者のみなさま、関係者の方々には感謝しきれないほどです。

アニメ化という大看板を背負って、今後も物語は続いていきますが、今まで通り日常系のゆる～いスローライフをお送りする予定です。

漫画版３巻も好評発売中です。

こちらも面白いので、未読の方は是非この機会に読んでみてください！

ここまで読んで下さりありがとうございました。

また次巻も是非ご期待ください。

ケンノジ

ブレイブ文庫

仲が悪すぎる幼馴染が、俺が5年以上ハマっているFPSゲームのフレンドだった件について。

著作者:田中ドリル　イラスト: KFR

私がゲームうまくなったら
いっしょに遊んでくれる？

FPSゲームの世界ランク一位である雨川真太郎。そんな彼と一緒にゲームをプレイしている相性バッチリな親友「2N」の正体は、顔を合わせるたびに悪口を言ってくる幼馴染の春名奈月だった。真太郎は意外な彼女の正体に驚きながらも、奈月や真太郎のケツを狙う美青年・ジル、ぶりっ子配信者・ベル子を誘ってゲームの全国大会優勝を目指す。チームの絆を深めていく中で、真太郎と奈月は少しずつ昔のように仲が良くなっていく。

定価：760円（税抜）

コミックポルカ
COMICPOLCA
pixivコミック
ニコニコ漫画
マンガBANG!
上記サイトにて
好評連載中!!
話題のコミカライズ作品続々掲載!
毎週更新
日曜
©長野文三郎 ©新堂アラタ ©しぶや大根 ©雨宮ユウ ©キシマカズオミ ©sumire
©森崎緩 ©げみ ©sumie © ANKYO ©一二三書房

BRAVENOVEL
ブレイブ文庫

チート薬師のスローライフ 4
～異世界に作ろうドラッグストア～

2020年5月28日　初版第一刷発行

著　者　ケンノジ

発行人　長谷川　洋

発行・発売　株式会社一二三書房
東京都千代田区一ツ橋2-4-3
光文恒産ビル8F
03-3265-1881

印刷所　中央精版印刷株式会社

■本書は小説投稿サイト「小説家になろう」（http://syosetu.com/）に掲載された作品を加筆修正し書籍化したものです。

ISBN 978-4-89199-628-4